AF188640

VORWORT

Suizid ist ein sehr schwieriges Thema und immer noch mit einem Tabu behaftet. Keiner spricht gerne darüber. Aber was ist, wenn man plötzlich selbst zu dieser Gruppe Angehöriger nach einem Suizid gehört? So etwas passiert doch immer nur den anderen – und ich soll jetzt auch davon betroffen sein?

Es gehört schon Mut dazu, mit so einem Schicksal an die Öffentlichkeit zu gehen. Die Autorin dieses Buches, die ihren Sohn durch Selbsttötung verloren hat, hat ihre ganz persönliche Geschichte mit großer Offenheit und Ehrlichkeit aufgeschrieben. Ihr liegt es am Herzen, dass anderen dieses Schicksal erspart bleibt. Sie möchte Eltern von suizidgefährdeten Jugendlichen sensibilisieren, damit sie ihren Kindern zuhören und hinschauen. Und sie möchte jungen Menschen Mut machen, sich rechtzeitig Hilfe zu suchen. Es gibt zahlreiche Angebote, z.B. die Telefonseelsorge oder das Projekt U25, über die wir im Anhang informieren.

Wir haben noch die Worte von Pam, der Autorin, im Ohr: »Meinem Sohn kann ich nicht mehr helfen. Aber wenn mein Buch nur einen einzigen anderen Menschen davon abhält, sich das Leben zu nehmen, war es die Mühe wert.«

Als Sprecher der Selbsthilfegruppe AGUS (Angehörige um Suizid) wissen wir, was sie damit meint. Solche Schicksale zu vermeiden, wäre auch unser Wunsch.

Angelika und Franz Kudela, AGUS Memmingen

DARK WAY

DIE GESCHICHTE EINES SUIZIDS

von Pam Metzeler
und Anna Castronovo

Bibliografische Information der Deutschen Nationalbibliothek: Die Deutsche Nationalbibliothek verzeichnet diese Publikation in der Deutschen Nationalbibliografie. Detaillierte bibliografische Daten sind im Internet über http://dnb.dnb.de abrufbar.

© 2018 Pam Metzeler und Anna Castronovo
www.anna-castronovo.de

Covergestaltung: Giusy Amè/www.magicalcover.de
Bildquelle: Depositphoto/Pixabay
Herstellung und Verlag:
BoD – Books on Demand, Norderstedt

ISBN: 978 374 812 848 9

Für Timo

Ich bin nicht tot.
Ich bin in einem anderen Raum.
Lebe in Euch weiter.
Und lebe nun meinen Traum.

STUNDE NULL

Hallo, ich bin Pam. Ich bin vierzig Jahre alt, habe ein Tattoo-Studio und mein Sohn Timo hat sich das Leben genommen.

Der 6. Oktober 2016 begann wie ein völlig normaler Tag. 6.30 Uhr. Ich mache mir einen Kaffee. Während die Maschine blubbert und zischt, schaue ich aus dem Fenster. Es ist noch dunkel, Nebelschwaden ziehen draußen vorbei. Ich muss mich beeilen. Um acht Uhr habe ich einen Zahnarzttermin. Meine beiden Söhne Tassilo und Timo haben im oberen Stockwerk eine eigene Wohnung. Meistens bekomme ich es gar nicht mit, wenn sie das Haus verlassen. Timo ist um diese Uhrzeit schon auf dem Weg zur Schule, Tassilo höre ich noch gehen. Die Haustür fällt hinter ihm ins Schloss.

10.00 Uhr. Nach der Zahnreinigung bin ich wieder zu Hause und sehe, dass mein Mann Jürgen eine WhatsApp geschrieben hat.

- Heute früh ging die Sirene. Am Bahndamm ist die Feuerwehr rumspaziert. Weißt du, was da los war?
- Ne, hab nix mitbekommen.

Dann spüle ich das Frühstücksgeschirr, gehe mit dem Hund raus, erledige Post, mache mir einen Teller Nudeln zum Mittagessen. Alles wie immer.

12:30 Uhr. Ich fahre in mein Tattoo- und Piercing-Studio und sperre die Glastür pünktlich um 13.00 Uhr auf. Die brombeerfarbenen Lamellen, welche die einzelnen Bereiche voneinander trennen, leuchten mir entgegen.

Die Kunden sagen oft: Man sieht, dass dieses Studio einer Frau gehört. Darauf bin ich sehr stolz.

Mein erster Termin heute ist ein Bauchnabel-Piercing. Ich wische über die schwarze Liege, sterilisiere die Zangen. Mein Handy piept. Ich lege die Instrumente ab, ziehe die Handschuhe aus und schaue auf das Display. Eine Freundin.

- Wie geht´s dir?

- Alles wie immer, warum?

- Im Dorf hat sich jemand vor den Zug gelegt. Sie sagen, es war dein Timo.

- Spinnst du? Timo ist in der Schule, es ist alles in Ordnung. Woher hast du so einen Mist? Red nicht so viel, das ist doch schon schlimm genug für die Eltern, die es betrifft.

Sie schreibt mir den Namen einer gemeinsamen Bekannten. Hektisch tippe ich deren Nummer auf die Tasten. Als sie sich meldet, blaffe ich in den Hörer: »Was erzählst du für einen Mist?«

Es ist kurz still in der Leitung. Das ist komisch, denn eigentlich ist sie nicht auf den Mund gefallen. »Das ganze Dorf spricht darüber, dass es dein Timo war«, sagt sie dann. »Und sie wissen auch, warum. Er hatte Liebeskummer.« Jetzt wird ihre Stimme unsicher, und so leise, dass ich sie kaum verstehe. »Ich dachte, du wüsstest das.«

Mein Magen zieht sich zusammen. »Schwachsinn!«

»Ein Feuerwehrmann hat es im Dorf herumerzählt«, sagt sie. »Einer, der am Gleis dabei war.«

Meine Hand krampft sich ums Handy, so als wollte ich mich an meinen eigenen, zu lauten Worten festhalten. »Dann wäre doch längst die Polizei bei mir gewesen. Timo ist in der Schule, es ist alles in Ordnung.«

All das tippe ich in eine WhatsApp an Jürgen. Da fällt mir ein, dass er mir heute Vormittag geschrieben hat, dass die Feuerwehr am Bahndamm war. Da ist wirklich etwas passiert. Ich muss mich konzentrieren, die Buchstaben zu treffen, so sehr zittert meine Hand. Sobald ich auf *Senden* gedrückt habe, sehe ich, dass er schon die Antwort schreibt. Ich starre aufs Display.

- An jedem Gerücht ist etwas Wahres dran. Ruf irgendwo an.

13:45 Uhr. Ich glotze weiter mein Handy an. Wo soll ich denn anrufen? Ich kann doch nicht einfach bei der Polizei nachfragen, ob sich mein Kind vor den Zug gelegt hat. Das ist doch völlig absurd. Ich schüttle den Kopf. Erstmal schreibe ich Timo selbst über WhatsApp und den Facebook-Messenger an. Ja, das ist eine gute Idee, dann wird sich gleich alles aufklären. Erst verfehle ich das Icon für WhatsApp. Dann schreibe ich Timo über beide Kanäle:

- Alles ok bei dir?

Keine Antwort. Obwohl wir mehrmals täglich chatten, und Timo sein Handy immer heimlich im Unterricht an hat. Nervös laufe ich in meinem Tattoo-Studio hin und her. Vielleicht ist das in der neuen Schule nicht möglich, denke ich, und beiße an der Innenseite meiner Backe herum. Timo hatte gestern seinen ersten Schultag an der Fachoberschule. Es kann ja sein, dass der Lehrer dort die Handys einkassiert. Ja, so wird es sein.

13:55 Uhr. Immer noch keine Antwort. Die Minuten ziehen sich wie Kaugummi. Dann kommt mir eine Idee. Ich rufe in der Fachoberschule an. »Guten Tag, Metzeler hier«, sage ich. »Ich wollte nachfragen, ob mein Sohn Timo gemeldet hat, dass gestern jemand seinen Roller kaputt gemacht hat. Auf dem Parkplatz der Schule, während des Unterrichts.«

»Nein, er war heute nicht im Sekretariat«, sagt die Frau am anderen Ende der Leitung. Dann zögert sie kurz. »Ach ja, aber sein Lehrer hat heute Morgen gefragt, ob Timo krank gemeldet ist.«

Zwischen meiner Handfläche und der Handyhülle sammelt sich Schweiß. Ich muss mich räuspern, damit ich es schaffe, die Worte durch meine trockene Kehle herauszupressen. »Können Sie bitte in der Klasse nachfragen, ob er dort ist? Es ist dringend.«

»Ja, einen Moment bitte.« Sie setzt mich in die Warteschleife. Ich spüre, wie das Zittern meiner rechten Hand auf meinen ganzen Körper übergreift. Scheiße, was ist da los? Es dauert eine Ewigkeit, bis sie sagt: »Frau Metzeler, Timo ist nicht hier. Ist denn irgendetwas passiert?«

Ich antworte ihr nicht, lege einfach auf. Lasse meine Hand mit dem Telefon sinken. In diesem Moment weiß ich es. Ich weiß, dass es doch mein Sohn war, heute Morgen am Bahndamm. Timo hätte niemals Schule geschwänzt. Schon gar nicht an seinem zweiten Tag auf der FOS, auf die er sich so gefreut hat.

14:05 Uhr. Was hat die Polizeiwache für eine Nummer? Mir fällt nur die 110 ein. Schwachsinn. Ich schaue ins Internet, meine Finger fliegen über die Tasten. Mist, verwählt. Ich schwitze kalten Schweiß. Endlich klingelt es. Eine Frau meldet sich, sie hört sich jung an.

Ich stocke, bringe den Satz, den ich mir zurechtgelegt habe, fast nicht heraus: »Hallo, Metzeler hier. Der Vorfall am Gleis heute Morgen, war das mein Sohn?« Jetzt sagt sie sicher *nein*, denke ich, und alles klärt sich auf.

»Moment, ich verbinde.«

Warum sagt die nichts? Ich presse das Telefon so fest an mein Ohr, dass es wehtut. Ich bekomme einen anderen Polizisten ans Telefon, diesmal einen Mann. Nochmal sage ich: »Hallo, hier Metzeler. Der Vorfall am Gleis heute Morgen, war das mein Sohn?«

»Frau Metzeler, wir kommen gleich vorbei.«

»War das wirklich mein Sohn?« Ich schreie jetzt. Meine Stimme hört sich fremd an, denn normalerweise werde ich nie laut.

»Wir kommen gleich vorbei!«

Ich lege auf. Das Handy fällt mir beinahe aus der Hand. Nein. Das kann nicht sein. Das darf nicht sein. Mit letzter Kraft tippe ich eine Nachricht an Jürgen.

- *Kommt sofort in den Laden.*

Dann knicken meine Beine weg, und ich sitze am Boden. Schreie, weine. Das kann einfach nicht sein. Die einsamste Viertelstunde meines Lebens bricht an. Ich kauere auf den grauen Fliesen. Mein Kind ist tot, und keiner kommt. Aber vielleicht war es doch nicht Timo. Ich kontrolliere mein Handy. Immer noch keine Antwort. Vielleicht war es ein Freund von ihm, und die Polizei braucht nur eine Zeugenaussage von mir.

Die Ladentür geht auf, und plötzlich ist mein Studio voll. Polizisten, Leute vom Kriseninterventionsteam. Endlich auch mein Mann und Tassilo. Sie eilen auf mich zu und ich sehe Panik in ihren Augen flackern. Ich schlinge meinen linken Arm um Jürgens breiten Brustkorb und drücke meine Nase in den Stoff seines T-Shirts. Es ist warm und sein Geruch beruhigt mich ein wenig. Ich schließe ganz fest die Augen, will in ihn hineinkriechen, weg von hier. Ich will, dass das hier nicht wahr ist. Dass ich gleich aufwache, aus diesem Albtraum.

Mein rechter Arm liegt um Tassilos Schultern. Sein Körper ist ganz steif. Mein Großer ist schon einundzwanzig, aber heute wirkt er ganz klein, sieht fast aus wie ein Kind. Er weint nicht, aber ich drücke ihn trotzdem ganz fest, damit er spürt, dass ich da bin.

Ein Polizist tritt an uns heran, und wir lösen uns voneinander. Er sieht aus wie der Bruder von Harald Glööckler, fällt mir auf. Während ich das denke, schäme ich mich dafür, dass mir so belanglose Dinge durch den Kopf gehen, obwohl mein Sohn gestorben ist. »Frau Metzeler, wir müssen Ihnen leider mitteilen ...« Seine helle Stimme passt gar nicht zum Vollbart und er wackelt beim Sprechen mit den Schultern.

»Sie müssen mir gar nichts mehr mitteilen!«, schreie ich ihn an. Für einen kurzen Moment verstummen alle und drehen ihre Köpfe zu mir um. Lauter betroffene Gesichter.

Starrt mich nicht so an, will ich sie anbrüllen, verpisst euch doch alle. Doch dann reicht mir der Polizist Timos Mütze und seinen Schlüsselbund. »Gehören diese Sachen ihrem Sohn?«

Meine Welt bleibt erst stehen, dann zerbricht sie in abertausend winzige Scherben. Es ist Timos Lieblingsmütze. Es gibt keinen Zweifel, sie ist auffällig orange- und türkisfarben. Ich presse sie an meine Brust, beginne zu weinen. Nein, das ist nicht Weinen. Es sind unmenschliche Laute, die da aus mir herausbrechen. Ich kann mich nicht kontrollieren, entschuldige mich dafür. »Wo ist er jetzt?«, schluchze ich. »Kann ich ihn sehen?«

»Ihr Sohn befindet sich in der Gerichtsmedizin. Sobald sein Leichnam von der Staatsanwaltschaft freigegeben wird, holt ihn der Bestatter ab.« Der Polizist räuspert sich. »Aber vielleicht ist es besser, wenn Sie Ihren Sohn lebend in Erinnerung behalten.«

Ich vergrabe mein Gesicht in den Händen. Irgendwelche Menschen hantieren jetzt an ihm herum, für die er nichts anderes ist, als eine Leiche unter vielen.

Ich spüre eine Hand auf meinem Unterarm. »Frau Metzeler, ich bin vom Kriseninterventionsteam.« Diese fremde Frau soll mich nicht so vertraulich anfassen. Das mag ich nicht mal bei Menschen, die ich kenne. Ich schüttele sie ab. »Jetzt brauche ich euch auch nicht mehr!«, fahre ich sie an, denn mir wird langsam bewusst, dass Timo schon heute früh gegen sechs Uhr gefunden wurde. Und jetzt ist Nachmittag. Keiner hat mich informiert.

Die Beamten sprechen leise mit Jürgen. Er nickt, dann gehen sie. »Komm, wir fahren jetzt heim«, sagt mein Mann. Tassilo funktioniert irgendwie und druckt einen Zettel für die Ladentüre aus: *Das Geschäft ist wegen eines Todesfalles geschlossen*. Dann sperren wir ab.

Als wir durch unser Dorf fahren, glotzen die Leute uns hinterher. Da wird mir schlagartig klar: Die wissen es alle schon länger als ich. Was müssen die bloß von mir denken? Ich bin zur Arbeit gefahren, obwohl mein Sohn gestorben ist. Sie schauen so vorwurfsvoll in unser Auto hinein, als würden sie denken: Ist ja klar, dass es das Kind von der Tätowierten war. Von der Asozialen. Von der Frau mit den blauen Haaren. Ihre Blicke bleiben an mir haften wie klebriger Schleim. Das ist die Mutter von dem, der sich umgebracht hat. Ich schäme mich zutiefst.

Endlich sind wir zu Hause. Sitzen im Wohnzimmer wie gelähmt. Wie Statuen. Stumm. Irgendwann kommt die Kripo und will Fragen stellen. Aber zuerst habe *ich* eine Frage: »Warum haben Sie mir nicht Bescheid gegeben?« Ich sage das ganz ruhig.

»Wir haben versucht, Sie telefonisch zu erreichen.« Der Polizist schaut knapp an meinem Gesicht vorbei, dreht seine Mütze in den Händen herum.

Ich lege ihm mein Handy und das Festnetz vor. »Da ist kein einziger Anruf in Abwesenheit.«

»Wir haben die Handynummer bei Ihnen an der Ladentüre abgeschrieben«, windet er sich.

Ich baue mich vor ihm auf und stemme die Hände in die Hüften. »Ach, vor meinem Laden wart ihr? Da stehen ganz groß die Öffnungszeiten drauf. Warum war dann um 13.00 Uhr niemand da, wenn ihr mich schon nicht erreicht habt?«

Er zuckt nur die Schultern. Weiß nicht, was er sagen soll. Ich bin nicht in der Lage, weiter mit ihm herumzustreiten. Ich habe keine Kraft dazu, und es ist zudem völlig sinnlos. Mein Kind ist tot. Alles andere zählt nicht mehr. Meine Schultern sacken wieder zusammen, ich fühle mich völlig leer, beantworte brav alle Fragen. Das, was da um mich herum passiert, läuft ab wie ein Film. Wie ein verdammt falscher Film.

»Frau Metzeler, Ihr Sohn wird obduziert.«

»Was?« Ich schaue ihn nur dumpf an, verstehe erst gar nicht, was das bedeutet.

»Ihr Sohn hat eine Verletzung am Hinterkopf«, erklärt der Polizist. »Es könnte sein, dass er niedergeschlagen und auf den Gleisen abgelegt wurde.« Dann schaut erJürgen an und räuspert sich. »Dazu müsste ich Ihnen auch gleich noch ein paar Fragen stellen.«

»Mir? Warum?« Jürgens Arme hängen kraftlos an seinem Totenkopf-T-Shirt herunter.

Ich kapiere gar nichts mehr. Sie schneiden Timo auf. Niedergeschlagen? Wer sollte ihn denn niedergeschlagen haben? Verdächtigen die etwa Jürgen? Die spinnen doch. Nie im Leben würde mein Mann irgendeiner Menschenseele etwas antun, und schon gar nicht seiner eigenen Familie. Ich würde ihn jetzt gerne verteidigen, aber ich habe nicht die Kraft dazu.

Tassilo geht mit den Polizisten in Timos Zimmer. Da liegen seine beiden Handys, der PC ist noch an. Tassilo wackelt an der Maus und auf dem Bildschirm erscheint eine Schrift: *I´m so depressive, i tried to kill myself!* Timos letzte Worte. Er hat sie einem Gamerfreund geschrieben. Der Polizist fotografiert den Bildschirm ab, dann nimmt er die Handys mit und geht.

Wir sitzen wieder alle zusammen im Wohnzimmer, als Tassilo in die bedrückende Stille hinein murmelt: »Ich habe ihn gesehen.«

Ich schrecke hoch. »Was?«

»Ich habe gesehen, wie sie ihn aufgesammelt haben.« Er schluckt und dreht an den Schraubenmuttern herum, die er als Ohrringe trägt. »Als ich heute in der Früh in die Arbeit gegangen bin, war die Feuerwehr am Gleis. Aber ich wusste doch nicht, dass es der Timo war.« Dann steht er auf und geht in sein Zimmer. Er wird es in den nächsten Tagen nicht schaffen, aus dem Haus zu gehen. Die Bilder von den Feuerwehrmännern auf dem Gleis gehen ihm nicht aus dem Kopf.

Vom Fenster aus können wir die Stelle sehen, an der Timo gestorben ist. Eine erhöhte Gleistrasse zwischen den Häusern unseres Dorfes, nicht mal hundert Meter von uns entfernt.

Mir tut alles weh. Es ist, wie in einem dieser Albträume: Ich will vor all dem davonlaufen, aber ich kann nicht. Es ist, als würde ich neben mir stehen und dem ganzen Geschehen nur zusehen. Als wäre ich eine leere, starre Puppe. Zwischendurch schwappt immer wieder die Gewissheit über mich: Timo ist tot. Dann kann ich kaum noch atmen.

Was soll ich mit Timos Sachen machen? Ich ziehe sein Bett ab, stopfe das Zeug in die Waschmaschine. Ich schalte sie aber nicht ein.

Die ganze Nacht sitze ich bei meiner Dogge Jayse im Hundekorb, weine, grüble nach, weine wieder. Schlafen kann ich nicht. Jürgen schon.

Immer wieder frage ich mich: Warum? Warum nur? Ich finde keine Antwort darauf.

Die ganze Zeit über halte ich Timos Mütze in der Hand. Es ist kein Blut daran, sie hat nur ein paar Löcher. Ich vergrabe meine Nase im Stoff und sauge den Geruch meines Kindes in mich auf.

Wann ist er wohl gegangen? Zuerst denke ich, morgens auf dem Weg zum Bus. Dann fällt mir ein, dass er seinen Schulrucksack nicht dabei hatte. Hat er sich etwa nachts auf die Gleise gelegt? Dann denke ich wieder: Nein, das kann nicht Timo gewesen sein. Das ist alles nur ein Missverständnis.

Als es endlich hell wird, gehe ich ins Bad und zerre Timos Bettzeug wieder aus der Waschmaschine heraus.

Zum Glück habe ich nicht eingeschaltet. Bist du bescheuert?, sagte ich zu mir selbst. Die Sachen riechen doch nach ihm! Ich trage sie wieder zurück in sein Zimmer. Ich werde sie nie waschen. Niemals.

Immer, wenn es mir richtig dreckig geht, stecke ich meine Nase hinein. Sein Geruch ist alles, was mir von meinem Sohn geblieben ist.

BEIM BESTATTER

Gleich in der Früh kommen die ersten Freunde. Sie sitzen den ganzen Tag bei uns und sprechen sich ab, wann wer da ist, damit wir nie allein sein müssen. Dafür bin ich unendlich dankbar, denn am Tag nach Timos Tod geht es mir immer schlechter. Ich beginne zu realisieren, was passiert ist. Er ist nicht mehr da.

Meine Freundin Anja ist die ganze Zeit für mich da, egal ob persönlich oder am Telefon. Mit dieser Unterstützung habe ich nicht gerechnet und ich weiß nicht, was ich ohne sie tun würde.

Die Stunden vergehen nur langsam, so als würde sich unsere Welt nur noch in Zeitlupe drehen. Doch um uns herum läuft alles weiter. Alle halbe Stunde fährt der Zug vorbei, und jedes Mal zucke ich zusammen. Schlafen geht nicht. Jürgen hat mir beim Arzt Tabletten besorgt, aber selbst damit komme ich nicht runter.

Was soll ich mit meinem Tattoo-Studio machen? Bleibt es geschlossen, ist meine Existenz gefährdet. Ich frage eine Freundin, ob sie mir eine Woche lang das Geschäft aufmachen kann, um die Kunden wenigstens mit Schmuck und Terminen zu versorgen. Sie sagt zu. Eine Last weniger.

Die Beerdigung muss organisiert werden, aber ich bin unfähig, etwas in die Hand zu nehmen. Zum Glück kümmert sich Jürgen darum. Ich sage ihm, dass ich Timo nicht in einem dunklen Sarg unter dem Erdboden einschließen will, und dass ich eine schwarze, schlichte Urne möchte. Jürgen findet eine Kugel, voll mit Sternen, sie sieht aus wie das Weltall. Das passt zu Timo und seinem Spleen für Astrophysik.

Das Einzige, was ich zustande bringe, ist es, drei Lieder für die Beerdigung auszusuchen. *Sound of Silence* von *Disturbed*. Bei meinem eigenen Schulabschluss sang ich noch das Original von *Simon&Garfunkel*. Im Februar 2016 schickte mir Timo einen Link zu dieser Cover-Version, da Musik unser gemeinsames Ding war. Ich saß da und weinte. Warum? Das weiß ich bis heute nicht. Jedenfalls kam mir nie der Gedanke, dass es mal auf der Beerdigung meines Kindes laufen würde.

Das zweite Lied ist *Warum* von *Knorkator*. Diesen Song hörte Timo öfter. Jetzt verstehe ich warum. Und dann *Marlies Song* von *Hoodie Allen*. Dieses Lied hat Timos beste Freundin Lisa ausgesucht. Als ich die deutsche Übersetzung lese, weine ich. Der Songtext könnte nicht treffender sein.

Ich bin froh, dass ständig Freunde bei uns sind, die versuchen, uns abzulenken, aufzufangen, einfach nur da zu sein. Sie passen auch auf, dass wir etwas essen, denn das würden wir sonst völlig vergessen. Kaum sind wir einmal für eine Stunde allein, brechen wir beide zusammen und kommen aus diesem Loch auch nicht mehr so schnell heraus.

Der Leichenbestatter braucht Kleidung von Timo. Meine Freundin begleitet mich in sein Zimmer, um welche zu holen. Ein spitzer Stich ins Herz. Überall seine Sachen um mich herum, alles riecht nach ihm. Was soll ich ihm für seine letzte Reise aussuchen? Seine Lieblingsklamotten fehlen. Die ausgewaschene, hellgraue Jeans, das Hangover-T-Shirt, sein grau melierter Pulli. Ich vermute, er hat die Sachen angehabt, als er gegangen ist. Bestimmt hatte er auch zwei Paar Socken übereinander, wie immer.

Ich suche ihm eine petrol-schwarze Trainingsjacke mit Kapuze heraus. Das hat der Bestatter gesagt, damit er damit die Verletzung am Hinterkopf verdecken kann. Ich packe auch eine Jeans ein, und natürlich zwei Paar Socken, wie immer.

Am Abend ruft der Bestatter an und sagt: »Sie können sich jetzt von Timo verabschieden.«

Ich weiß nicht, ob ich das schaffe. Hadere mit mir, habe Angst davor, dass er unkenntlich ist. Dass er schrecklich aussieht, und gar nicht wie mein Timo. Ich möchte ihn so in Erinnerung behalten, wie ich ihn zuletzt gesehen habe. Lebendig. Aber alle Freunde raten mir dazu, mich zu verabschieden. Es ist die einzige Chance, die ich habe, meinen Sohn noch einmal zu sehen. Also fahre ich doch hin, zusammen mit Jürgen und meiner Mutter. Wenn ich es nicht schaffe, kann ich ja wieder rausgehen, beruhige ich mich.

Wir betreten einen kargen Raum. Mittendrin steht nur dieser eine Sarg. Eine Sonnenblume oben drauf, die der Bestatter extra noch im Dunkeln auf einem Feld gepflückt hat, damit es hier nicht ganz so trist ist. Er hat es gut gemeint, aber seither hasse ich Sonnenblumen.

Es riecht nach Holz und auch etwas modrig. So wie bei alten Leuten in der Wohnung. Ich habe panische Angst davor, dass Timo schwer verletzt ist.

Wie viel ist nach einem solchen Unfall noch von einem Jugendlichen übrig? Wie sieht ein Mensch aus, der vom Zug überfahren wurde? Mir ist kotzschlecht und ich zittere am ganzen Körper. Ein Felsbrocken drückt auf meine

Brust und nimmt mir die Luft. Der Bestatter öffnet den Sarg.

Ich versuche, einfach weiter zu atmen und verstecke mich erst hinter Jürgen, schaue vorsichtig an ihm vorbei. Ich kann Timos Anblick nicht auf einen Schlag ertragen. Langsam nähere ich mich dem Sarg und die Tränen strömen unentwegt über meine Wangen. Da liegt mein Kind. Tot. Einfach tot.

Ich kann immer besser hinsehen und bemerke, dass er ganz friedlich daliegt. Vielleicht, weil er nicht mit dem Tod gekämpft hat? Weil er sterben wollte? Ich gehe um den Sarg herum. Von einer Seite sieht es fast aus, als würde er schmunzeln. Er hat sogar noch etwas Farbe im Gesicht, obwohl er nicht aufgehübscht wurde. Ein letztes Mal betrachte ich seine feinen Gesichtszüge und sein markantes Kinn.

Ich würde ihn so gerne in den Arm nehmen, doch der Bestatter sagt leise: »Bitte fassen Sie ihn nicht an.« Er druckst herum, ist unsicher, wie er es aussprechen soll. Ich weiß es selbst. Wir dürfen ihn nicht anfassen, weil nur Einzelteile im Sarg liegen.

Timo ist zugedeckt bis unters Kinn, damit man die Abtrennung am Hals nicht sehen kann. Die Kapuze seiner Trainingsjacke verdeckt die Kopfverletzung und unter dem Stoff schauen seine hellbraunen Haare hervor. Er sieht völlig unversehrt aus.

»Darf ich ihm ganz vorsichtig über die Wange streicheln?«, frage ich. Der Bestatter nickt, und ich berühre mein Kind zum letzten Mal. Seine Haut ist kalt.

Meine Mutter macht Fotos von Timo. Spinnt die?, denke ich, sage aber nichts dazu. Ich habe jetzt keine Kraft für Diskussionen. Nach einer halben Stunde gehen wir wieder. Später bereue ich es, dass ich nicht darum gebeten habe, ein paar Minuten mit Timo allein zu sein. Ich hätte ihm noch so viel sagen wollen.

In den ersten Tagen nach Timos Tod sitze ich die meiste Zeit nur rum, erzähle meinen Freunden immer wieder und wieder von meinen Fragen und Gedanken. Das tut kurzfristig gut, hilft mir langfristig aber auch nicht wirklich weiter.

Was hat meine Bekannte am Telefon damit gemeint, als sie sagte, Timo hatte Liebeskummer? Ich nehme Kontakt zu seinen Freunden auf, frage bei ihnen nach.

Es stellt sich heraus, dass Timo eine Freundin hatte, die wir aber nicht kannten. Im Dorf geht das Gerücht um, dass sie am Mittwochabend Schluss gemacht hat. Wir machen Lea ausfindig. Sie will mit uns sprechen, ist aber noch nicht in der Lage dazu. Dass sie einen Tag vor Timos Tod Schluss gemacht hat, ist aber bloß ein Gerücht, sagt sie. Das stimmt nicht.

Wir telefonieren weiter herum: Warum hat Timo sich das Leben genommen? Wisst ihr etwas? Könnt ihr euch das erklären? Sein bester Freund Lars erzählt mir, dass er den Verdacht hatte, dass Timo an Depressionen leiden könnte. Er hat in letzter Zeit so viel getrunken und gekifft und ist im Rausch oft paranoid geworden.

Lars sagt auch, dass Timo immer wieder betont hat, was er für ein gutes Verhältnis zu mir hätte, und dass ich so viele Sachen mit ihm unternehmen würde, die andere Eltern nicht mit ihren Kindern machen. Deshalb wollte er mir nichts von seinen Problemen erzählen. Um mich nicht zu belasten, weil ich eh schon so viel Arbeit hätte.

Lars` Worte trösten mich, nehmen mir für einen kurzen Moment das bohrende Gefühl der Schuld. Gleichzeitig denke ich: Mein Gott Kind, du hättest mich doch nicht belastet. Ich hätte dir so gerne geholfen.

Auch seiner besten Freundin Lisa hat Timo vor einiger Zeit anvertraut, dass er Depressionen hatte. Aber dass er sich vor den Zug legen würde, hätte sie niemals gedacht.

Mein Kind und Depressionen? Ich schüttle den Kopf. Das kann ich nicht glauben. Das hätte ich doch gemerkt, oder?

DIE VERÄNDERUNG

Vier Tage nach Timos Tod müssen wir für eine ausführliche Aussage zur Kripo. Der Polizist, der aussieht wie Harald Glööckler, empfängt uns. Er ist der leitende Kriminalhauptkommissar und trägt heute zivil. Er ist sehr betroffen und vorsichtig, fast schon überfreundlich. Ganz beiläufig sagt er, dass ein Fremdverschulden nach der Obduktion ausgeschlossen wurde. Ich habe zwar keine Sekunde daran geglaubt, dass Jürgen etwas mit Timos Tod zu tun haben könnte, aber es ärgert mich, dass wir nicht sofort nach der Obduktion darüber informiert wurden. Für Jürgen war es ein beschissenes Gefühl, auch noch als Verdächtiger dazustehen. Als würden wir nicht schon genug durchmachen.

Wir werden getrennt befragt. Ein anderer Polizist, der auch am Todestag bei uns war, führt mich in einen kargen Büroraum und setzt sich mit mir an einen altmodischen, braunen Tisch. Eine Wand ist holzgetäfelt, macht das Zimmer aber auch nicht gemütlicher.

»Wann haben Sie Ihren Sohn zum letzten Mal gesehen und mit ihm gesprochen?«, will der Beamte wissen. Er klingt nüchtern. Sachlich. Irgendwie nach Aktenzeichen. Mir wäre es lieber gewesen, der leitende Kommissar hätte uns befragt.

Ich erzähle, dass das am Mittwochabend war. Dem Abend vor seinem Tod. »Timo war schlecht gelaunt. An diesem Tag wurde in der Schule während des Unterrichts sein Roller beschädigt. Jemand hat versucht, ihn kurzzuschließen und dabei die Verkleidung weggerissen. Wahrscheinlich wollte er ihn stehlen. Timo war deswegen enttäuscht, vor allem, weil es der erste Tag in der neuen Schule war. Er erzählte außerdem, er sei nicht in die Klasse gekommen, auf die er gehofft habe, und in der seine früheren Schulkameraden waren. Das nahm ihn auch mit. Wir aßen jeden Abend gemeinsam, auch an diesem 5. Oktober. Timo war ziemlich ruhig, aber das ist nichts Besonderes. Danach ging er in die Badewanne, schaltete die Whirlpool-Funktion ein und plätscherte fröhlich vor sich hin. Er war bestens gelaunt.«

Es ist kalt hier drin. Der Polizist dreht sich zu einer Frau um, die hinter ihm am Schreibtisch sitzt, und wiederholt das, was ich gesagt habe. Sie tippt meine Aussage in den PC. Ich denke inzwischen darüber nach, warum Timo wohl so gut gelaunt war, bevor er zu den Gleisen ging. Irgendjemand hat mir erzählt, dass dieses Phänomen oft bei Menschen auftritt, die sich das Leben nehmen wollen. Wenn sie ihren Entschluss gefasst haben, sind sie glücklich, fast schon euphorisch. War Timo an diesem Abend deshalb so gut drauf?

Der Polizist dreht sich wieder zu mir. »War Timo in letzter Zeit irgendwie verändert?« Dabei klopft er mit einem Kugelschreiber auf dem Tisch herum. Das Klacken irritiert mich.

Ich nicke und erzähle, dass er seit etwa einem Monat ziemlich niedergeschlagen war. »Er machte seit Anfang September in Isny eine Ausbildung zum Physikalisch-technischen Assistenten, die ihm aber überhaupt nicht gefiel.« Jetzt hole ich etwas weiter aus. »Timo wollte immer Physik studieren, aber seine Noten reichten nicht fürs Gymnasium. Eigentlich nicht einmal für die Realschule. Er tat sich in der Schule anfangs schwer. Der Lehrer meinte, er hätte seine Antennen nicht immer ausgefahren. Bis zum Übertrittszeugnis erkämpfte er sich jedoch einen Zweier-Schnitt. Damit hätte er es sogar aufs Gymnasium geschafft, doch das wollte er gar nicht. Ich ließ ihn entscheiden. Auch als er notentechnisch absackte, und ich ihn von der Realschule nehmen wollte, bestand er darauf, die 6. Klasse zu wiederholen. Auch das ließ ich ihn machen. Er kämpfte sich durch und schaffte seinen Realschulabschluss schließlich mit 2,1. Ich war so stolz auf ihn. Trotzdem kam er heulend nach Hause, weil er auf einen Schnitt von 1,8 gehofft hatte.

Er überlegte erst, zur Polizei zu gehen, aber er wollte zu einer Sondereinheit. Als er erfuhr, dass das ohne Streifendienst nicht geht, verwarf er diese Idee wieder. Er dachte auch über die Bundeswehr nach, entschied sich aber dagegen. Dann kam die Fachoberschule ins Gespräch, an der er sein Abi machen könnte, aber daran zweifelte er auch, weil er lieber Geld verdienen wollte.

Schließlich machte ich ihm etwas Druck, und eines Tages kam er mit einer Broschüre über die Ausbildung zum Physikalisch-technischen Assistenten nach Hause: zwei Jahre schulische Ausbildung mit Fachhochschulreife. Ich fand die Idee super. So hätte er in zwei Jahren eine Ausbildung sowie das Fachabi und könnte sich zwischen Arbeit oder Studium entscheiden. Die einzigen beiden Mankos: Er musste fünfzig Kilometer weit weg von zu Hause ins Wohnheim ziehen, und es war eine Privatschule. Das kostete alles zusammen rund 600 Euro im Monat.

Ich sprach mit Jürgen darüber. Er meinte, dass wir das schon irgendwie hinbekämen. Ich versuchte, für Timo Bafög zu beantragen, was sich aber als schwierig herausstellte, da Timos leiblicher Vater keine Unterlagen beibrachte. Timo selbst bat schließlich die Bafög-Stelle um Hilfe, und die forderte die fehlenden Papiere an. Es funktionierte. Timo bekam Bafög, und so konnten wir die Schule finanzieren.

Je näher der September rückte, desto unsicherer wurde Timo, ob diese Ausbildung wirklich das Richtige für ihn sei. Für einen Rückzieher war es aber zu spät. Die Anmeldung war draußen, und wir mussten das erste Halbjahr auf jeden Fall bezahlen.

Ich renovierte mit ihm und zwei seiner Kumpels das Wohnheimzimmer, damit er es dort schön hätte. Wir kauften zusammen neue Möbel und das Bild einer Freiheitsstatue, das er sich an die Wand hängte.

Als wir ihn schließlich dort ablieferten, gingen wir noch ein Eis essen. Beim Abschied weinte ich fast. Mein Baby. Ich musste ihn dort allein lassen, und er war nun auf sich allein gestellt. Ich hatte keine Angst davor, dass er nicht zurechtkommen würde, aber er war einfach mein Kleiner, und er war nun ohne mich. Ich konnte ihn dort nicht beschützen. Auch Jürgen und Timo nahmen sich in den Arm, und Timo sagte noch: *Jetzt nur nicht sentimental werden.*«

Der Beamte unterbricht mich, um der Frau hinter dem Bildschirm eine Zusammenfassung zu geben, die sie protokollieren soll. Dabei stockt er immer wieder, so als würde er in ein Diktiergerät sprechen. Dann nickt er mir zu, als Zeichen, dass ich weiterreden kann.

»Wir chatteten jeden Tag. Am ersten Tag schrieb er mir, dass er einen anderen Jungen kennengelernt hätte und mit ihm mit dem Fahrrad unterwegs zum Baggersee sei.

Ich freute mich, dass er gleich Anschluss gefunden hatte. Das fiel ihm sonst schwer.

An den Wochenenden kam Timo nach Hause. Jürgen wollte ihn nicht abholen, weil er fand, Timo sei alt genug, um mit den öffentlichen Verkehrsmitteln zu fahren. Timo kränkte das, denn die Anbindung war schlecht. *Warum holt er mich eigentlich nie ab?*, fragte er mich einmal. *Wenn Jürgen meine Hilfe braucht, bin ich doch auch immer für ihn da*. Deshalb organisierte ich doch immer jemanden, der ihn holte. Ich selbst war um diese Zeit noch in der Arbeit.

Schon in der ersten Woche gefiel es Timo nicht mehr in der neuen Schule. Er schrieb mir, dass er sich langweilte, und dass der Unterricht überhaupt nicht dem entsprach, was er sich vorgestellt hatte.«

Ich ziehe mein Handy aus der Tasche, um dem Polizisten Auszüge aus unserem Chat-Verlauf zu zeigen.

- Muss ich halt den Scheiß irgendwie durchziehen.

- Jetzt schau dir das erst mal ne Weile an, ein paar Monate, vielleicht wirds besser. Nach einem Tag kann man das eh noch nicht sagen.

- Mhm, hilft nix.

- Hab Geduld.

- Ich hab jetzt immer noch ne Stunde Unterricht.

- Ich muss auch noch bis 18 Uhr arbeiten.

- Du musst erst um 13 Uhr im Laden sein und bist dein eigener Chef.

- Ja, und ich krebse am Existenzminimum rum.

- Und ich bin schuld.

- Nein, du bist nicht schuld. Ich hätte was Gescheites lernen sollen.

- Z.b PhyTa?

- Zum Beispiel, aber dazu bin ich zu blöd.

- Ich bin auch nicht so gescheit, meine Qualitäten liegen woanders.

- Deine Qualitäten gefallen mir deutlich besser als meine.

- Boah, das Internet ist so schlecht hier.

- Hast du schon fernsehgeschaut über Netflix?

- Dazu ist es zu schlecht.

*

- Gumo, na heute besser geschlafen, was hast gestern noch gemacht?

- Nein, immer noch scheiße geschlafen und wieder sinnlose Stunden.

- Also ich hab mich jetzt schlau gemacht, diese sinnlosen Stunden müssen am Anfang immer sein, damit die Lehrer abchecken können, wo jeder Schüler steht. Gedulde dich, es geht bald ans Eingemachte.

- Ich weiß, aber das hat ja alles nix mit dem zu tun, was ich machen wollte. Den Beruf PhyTA gibt´s eigentlich gar nicht, hat der Typ hier gesagt. Die werden nur ausgebildet und gehen dann in unterschiedliche Betriebe.

- Ist das nicht bei jedem, der eine Ausbildung macht so? Das kannst du doch nach zwei Tagen überhaupt nicht beurteilen.

- Das hat mein Klassenlehrer gesagt.

- Ich kann´s jetzt allemal nicht ändern. Wenn du die Schule abbrichst, zahlt das Bafög-Amt nicht mehr, und ich muss das erste halbe Jahr aus eigener Kasse zahlen. Ich hab das Geld nicht, wo soll ich das hernehmen? Also der PhyTA ist eine ganz normale in Deutschland anerkannte Ausbildung. Lies das mal: (Link zu Wikipedia).

- *Ja, aber es gibt keinen richtigen Beruf dazu.*
- *Dann ist Physiker auch kein richtiger Beruf. Da kannst du auch in jedem Einsatzbereich arbeiten, der mit Physik zu tun hat. Nach der Ausbildung trägst du die Bezeichnung: Staatlich geprüfter technischer Assistent für Physik, und mit diesem Titel kannst du dich überall, wo man Physik braucht, als PhyTa bewerben. Oder nach der Ausbildung Physik studieren.*

*

- *Radelst du heute wieder zum Baggersee?*
- *Die 30 km fahre ich nie wieder.*
- *Haha, gibt´s da nichts, was näher ist?*
- *Weiß nicht. Der nächste Baggersee ist 15 km weg.*
- *Aber Isny hat doch bestimmt ein Freibad.*
- *4,2 km*
- *Das ist nicht ganz so weit zu fahren.*
- *Und wer fährt?*
- *Das Fahrrad.*
- *Und wer geht mit?*
- *Der Typ vom letzten Mal.*
- *Ne, auf den hab ich keine Lust.*
- *Ui, hat er dich geärgert?*
- *Der ist anstrengend.*
- *Wie sind die anderen in deiner Klasse so?*
- *Komisch.*
- *Na, das denken die vielleicht auch von dir, ihr kennt euch ja alle noch nicht.*
- *Ist mir aber egal, was die von mir denken.*
- *23:17 Uhr: Ich kann nicht schlafen.*
- *05:17 Uhr: Noch immer nicht.*

- *Es wird dauern, bis du dich eingewöhnt hast.*

*

- *Einer hat mit seinen Eltern ausgemacht, dass er wieder heim-kommt, wenn es zum Halbjahr nicht besser wird.*
- *Es ist ok, sich das ein halbes Jahr lang anzuschauen.*
- *Aber noch könnte man daheim was anderes suchen oder evtl. noch in die FOS mit einsteigen.*
- *Bring mal die Schulbescheinigung mit, am Montag geh ich mit dir in die Bafög-Stelle, da erkundigen wir uns genau. Dann werde ich mit deinem Klassenlehrer sprechen. Der soll mir erklären, warum es auf einmal keinen PhyTA mehr gibt, und dann frage ich auch wegen der FOS. Jetzt schau mal ein bisschen positiv vorwärts und mach das Beste draus. Bist du noch gar nicht in der Schule?*
- *Doch. Langweilig.*

*

- *Hier halt ich´s fast nicht mehr aus.*
- *Was hältst du nicht aus?*
- *Langeweile und das Internet.*
- *Der Router kommt bald.*
- *24 Stunden am Tag pure Langeweile.*
- *Das wird schon.*

*

- *Wunderschönen guten Morgen mein Hasi!*
- *Morgen.*

- Und, was gab´s gestern zu essen?
- Gar nix.
- Heee, du musst essen.
- Ich muss nix.
- Doch, essen schon.
- Nein
- Ich hab dich lieb, lass dich nicht ärgern.
- Mich ärgert keiner.

*

- Ich will nach Hause ...
- Morgen kommst du wieder heim zu Mama.
- Fürs Wochenende.
- Ja, du schaffst das, du bist ein Beißer!

*

- Guten Morgen. Ich hab dich lieb.
- Wenn du mich lieb hast, dann hol mich von der Schule runter.
- Das macht keinen Sinn. 1. Du willst hier auf die FOS? Die kannst du auch dort machen und bekommst sogar noch eine Ausbildung mit dazu. Du sagst, dass der Unterricht so einfach ist. Sei froh, dann bekommst du die guten Noten geschenkt. 2. Ich kann es mir nicht leisten, die Schule und das Wohnheim noch bis Februar selbst zu zahlen, das weißt du. 3. Jetzt haben wir extra noch einen Internetanschluss für dich besorgt. Sei mal der ehrgeizige Beißer, der du sonst immer bist.
- Ich geh arbeiten und zahl dir jeden einzelnen Cent zurück.
- Ne ne, noch gibst du nicht auf.

- Du weißt schon, dass ich kaum noch schlafen kann, seit ich hier bin? Und die Ausbildung macht mir einfach keinen Spaß.

- Ich weiß, aber du setzt dich am Wochenende auch nie mit uns hin und redest darüber. Meinst du, es fällt mir leicht, wenn ich genau weiß, dass es dir nicht taugt? Es sind aber erst zwei Wochen und ein Tag vergangen, und in der Lehrzeit geht es jedem so, zumindest am Anfang. Es kommen immer wieder Sachen, die keinen Spaß machen. Aber dir stehen nach dieser Ausbildung alle Türen offen, was mit FOS alleine nicht so ist. Es wird dir mit der Zeit leichter fallen. Dazu kommt, dass du im Lebenslauf schreiben musst, dass du eine Lehre abgebrochen hast, das ist verdammt scheiße. Das könnte deinen ganzen weiteren Werdegang blockieren. So einen Mist wie: Wenn du mich lieb hast, holst du mich von der Schule, ist absoluter Blödsinn. Gerade weil ich dich lieb habe, und nur das Beste für dich will, bleibe ich so hartnäckig.

- Mama, ich habe gestern aus dem Nichts heraus Nasenbluten bekommen und zehn Sekunden später kotzen müssen. Jetzt sag mir doch nochmal, was das Beste für mich ist.

- Und das kommt davon??? Dann solltest du vielleicht Medizin studieren. Ich kann nichts dafür, du hast dir das ausgesucht, nicht ich. Glaubst du, auf der FOS ist es besser? Du machst mir noch Druck, wegen dem Internetvertrag, damit ich noch mehr umsonst zahlen muss. Klar, und du gehst arbeiten und zahlst alles zurück. Du stellst dir das alles recht einfach vor. Meinst du, mir ging es besser, als ich mit 14 von daheim weg in Ausbildung gegangen bin?

- Wenn es nur gestern das erste Mal gewesen wäre.

- Das muss trotzdem nicht davon kommen. Auch wenn es nicht einfach ist, es wird schon werden. Du verbaust dir sonst echt alles. Sieh das Positive und halt erst mal eine Weile durch.

- Welches Positive?

- Z.B. was man mit so einem Abschluss alles machen kann. Sag mir mal, was du nach der FOS machen würdest?

- Ausbildung, Studium.

- Und was für eines?

- Mechatroniker oder sowas.

- Und wenn dir das auch nicht gefällt, dann brichst du wieder ab? Als Mechatroniker brauchst du keine FOS, das wären dann zwei verschenkte Jahre. Das, worum es in einem Beruf wirklich geht, kommt immer weitaus später. Als Pferdewirt durfte ich ein Jahr lang nur misten und nicht einmal auf ein Pferd steigen. Tja, so ist das leider. Schreib deine Bewerbungen und mach wie du meinst, du weißt eh alles besser. Der Depp bin mal wieder ich, aber so ist es halt dann.

*

- Wen hast du jetzt schon alles eingeweiht, was für ein schlechtes Kind ich bin?

- 1. Keinen und 2. würde ich nie behaupten, dass du ein schlechtes Kind bist.

- Erzähl doch nix, du kannst nie was für dich behalten.

*

- Wir haben am Freitag um 11:30 Uhr einen Termin bei deinem Klassenlehrer.

- Wegen?

- Weil dir die Schule nicht taugt, und wegen dem, was er wegen dem PhyTA behauptet hat. Ich hab dir doch gesagt, dass ich mit ihm rede.

- Dann wüsche ich dir viel Spaß.
- Wieso mir?
- Weil ich nicht mitgehe.

*

- 4-Augen-Gespräch heute, wenn ich heimkomme.
- Heute nicht, morgen
- Heute
- Ne, heute nicht
*- Heute oder gar nicht. Um 13:30 Uhr bin ich allein zu Hause
für ein Gespräch.*

Der Polizist gibt mir das Handy zurück und ich erzähle
weiter: »Ich hätte Timo am liebsten gezwungen,
wenigstens ein halbes Jahr lang durchzuhalten. Doch als
ich mit Jürgen darüber sprach, meinte der, das brächte
nichts. *Timo muss das selbst entscheiden,* sagte er.

Ich hatte dann ein Gespräch mit Timo. Er schilderte
mir nochmal, wie schlimm es für ihn in Isny sei, und dass
er es dort nicht mehr aushalten könnte. Wir redeten ganz
ruhig miteinander, hatten keinen Streit, und ich merkte,
dass es ihm wirklich dreckig ging. *Überleg es dir gut und
triff dann deine Entscheidung,* sagte ich schließlich. *Ruf in
der FOS an und frag, ob sie dich dort noch aufnehmen. Das
Finanzielle bekommen wir dann schon irgendwie hin.*

Dann fragte ich Timo, ob er auch mit Jürgen darüber
reden wolle. Er war unsicher. Es kam mir so vor, als hätte
er Angst, dass mein Mann ihm Vorwürfe machen würde.
Ich wusste aber, wie Jürgen darüber dachte, deshalb holte
ich ihn dazu. Auch ihm erklärte Timo alles nochmal.

Mein Mann sagte zu ihm: *Wenn du eine Arbeit hast, die dir keinen Spaß macht, musst du die Arbeitsstelle wechseln. Es macht keinen Sinn, wenn du dich jeden Tag dorthin plagst.* Timo schien überrascht. *Ich muss ehrlich sagen, dass ich dich völlig falsch eingeschätzt habe*, meinte er. Diese Reaktion erstaunte mich. Timo hätte es normalerweise nie zugegeben, wenn er falsch lag. Er hatte Jürgen verziehen.

Timo meldete sich also auf der Fachoberschule an, die ihn ausnahmsweise noch aufnahm. Sein Plan war, dort Abi zu machen und danach Physik zu studieren. Das Geld, das ich für die PhyTA-Ausbildung bereits ausgegeben hatte, wollte er mir zurückzahlen. *Das ist kein Problem*, sagte ich ihm.

Am Dienstag nach der Arbeit fuhr ich nach Isny und holte Timo mit Sack und Pack ab. Zu Hause sortierte er seine Papiere zusammen und schrieb einen Lebenslauf. Und am Mittwochmorgen fuhr er zu seinem ersten Schultag in die Fachoberschule.«

Jetzt zeige ich dem Polizisten auch die letzten Nachrichten, die ich von Timo bekommen habe.

Chatverlauf, 5. Oktober 2016

- Der erste Tag, und die zerstören komplett meinen Roller.
- Wie?
- Lichter kaputt geschlagen, Plastik weggerissen, Schrammen überall, Spiegel komplett verdreht.
- Fahr am besten mit dem Bus.
- Was ist die nächste Haltestelle bei der FOS?
- Schau mal, was die FOS für eine Straße hat und gib es ein.
- Mit diesen scheiß Busfahrplänen kennt sich doch kein Mensch aus.

Am Abend schauten wir uns den Roller gemeinsam an. Mein Mann und ich dachten, dass es gar nicht so schlimm sei, und dass man ihn reparieren könne. Nur gesagt haben wir das leider nicht.

6. Oktober 2016, 13.45 Uhr:
– Alles ok bei dir?

Auf diese, meine letzte Nachricht an ihn, konnte Timo nicht mehr antworten.

»Wenn ich den Chatverlauf vom ersten Schultag in Isny bis zu Timos Tod jetzt im Nachhinein noch einmal lese, kann ich schon Anzeichen dafür erkennen, dass es ihm schlecht ging«, sage ich zu dem Beamten. Warum habe ich das damals nicht kapiert?

Die Fragen und Selbstvorwürfe drehen sich in einer Endlosschleife durch meinen Kopf. Warum habe ich es nicht gemerkt? Warum habe ich die Hinweise nicht verstanden? Warum habe ich nicht richtig zugehört? Ich vergrabe mein Gesicht in den Händen. Warum war ich so gemein zu ihm? Würde er, wenn ich nicht so behandelt hätte, noch Leben? Ich zermartere mich. Diese Gedanken ändern nichts daran, dass Timo tot ist, aber ich kann sie nicht abstellen. Dann denke ich wieder: Ich wollte doch nur, dass er sich seine Zukunft nicht verbaut, und dass er lernt, etwas durchzuziehen. Das war doch meine Aufgabe als Mutter.

Ich ging davon aus, dass wir sein Problem gelöst hätten. Dass es ihm wieder besser geht, wenn er zu Hause ist. Ich dachte, das Heimweh wäre weg, und er würde sich freuen, dass es mit dem Wechsel auf die FOS geklappt hat. Er hätte doch froh sein müssen, verdammt noch mal!

In diese Gedanken hinein platzt die nächste Frage des Polizisten: »Hat am Mittwochabend nach Ihnen noch jemand anders Kontakt zu Timo gehabt?«

Ich schüttle den Kopf. »Soweit ich weiß, hat er nur über sein Handy mit einem Freund gechattet, dem er die Sache mit dem Roller erzählte. Er schrieb wohl auch, dass er sich auf der FOS nicht angenommen fühlte. Dieser Freund hat uns nach Timos Tod erzählt, dass er zuletzt gegen 21.30 Uhr Kontakt mit ihm hatte. Es kam ihm komisch vor, dass er danach keine Antwort mehr bekam, und dass Timo ab 22.00 Uhr nicht mehr online war.«

»Hat er eine Nachricht oder einen Brief hinterlassen?«

Wieder schüttle ich den Kopf. »Bisher haben wir nichts gefunden. Nur diesen einen Satz auf dem Bildschirm seines PCs: *I´m so depressive, I tried to kill myself!* Wir haben die Person, mit der Timo zuletzt gechattet hat, nicht gekannt. Meine beiden Jungs haben viel am PC gezockt und hatten dort auch feste Kontakte, aber die Leute, mit denen man im Internet spielt, sind auf der ganzen Welt verteilt. Deshalb war der Chat auch auf Englisch.

Wir haben auch den WhatsApp-Verlauf gelesen, den Timo an seinem letzten Abend hatte. Er hat in einigen Gruppen geschrieben, aber überhaupt nichts davon, dass er vorgehabt hätte, sich etwas anzutun. Nur belanglose Sachen.

Auch von irgendwelchen Konflikten oder Schwierigkeiten mit anderen Personen ist uns nichts bekannt. Soweit wir wissen, hatte er mit niemandem Streit und wurde auch nicht gemobbt.«

Während der Befragung fühle ich mich die ganze Zeit, als säße ich neben mir und würde mich selbst dabei beobachten, wie ich antworte. Im Hintergrund klappert die Tastatur. Die ganze Szene läuft an mir vorbei wie ein Traum. Ich bin noch immer nicht aufgewacht.

Die nächste Frage des Polizisten lautet: »Möchten Sie abschließend noch etwas sagen, was Ihnen wichtig erscheint?«

Jetzt entlädt sich meine ganze Verzweiflung, ich stehe auf, werde laut. »Ich möchte endlich wissen, wie der Unfallhergang war. Was genau passiert ist. Wann mein Sohn gestorben ist. Wann er gefunden wurde. Das lässt mir keine Ruhe. Ich muss es wissen, verstehen Sie?« Meine Stimme bricht, und mit einem Mal weicht alle Kraft aus mir und lässt eine leere, verkrümmte Hülle zurück. Ich sinke wieder auf meinen Stuhl, und die Tränen tropfen auf die Tischplatte. »Wir finden sonst keinen Frieden. Wir wissen so gut wie nichts. Wie wissen nicht, was passiert ist, und auch nicht, warum.«

Der Beamte seufzt. »Ich darf Ihnen keine Informationen über laufende Ermittlungen geben«, sagt er und klingt dabei entsetzlich routiniert. Ich glaube aber, er will uns in Wirklichkeit nur die Details ersparen.

Ich will schon Richtung Tür gehen, da fragt er noch: »Hat Timo früher schon mal irgendwann erwähnt, dass er sich möglicherweise etwas antun wird?«

»Nein, zu keiner Zeit«, antworte ich. Ich weiß ja noch nicht, was Tassilo gleich aussagen wird.

TIMOS GEHEIMNIS

Als wir wieder zu Hause sind, reden wir über unsere Befragungen. Tassilo druckst herum. »Ich muss euch etwas sagen«, murmelt er.

Mich beschleicht eine unangenehme Vorahnung. »Ja?«

Er nimmt sein Käppi ab, streicht sich die Haare zurück und setzt es wieder auf, mit dem Schild nach hinten. »Ich war mit Timo zwei Monate lang regelmäßig im Sozialpädiatrischen Zentrum bei einer Psychologin.«

Ich starre ihn an. »Du warst was? Warum hast du mir nichts davon gesagt?«

»Wir haben es geheim gehalten, weil wir euch nicht damit belasten wollten«, sagt er und schaut auf den Boden. »Das musste ich Timo versprechen, sonst wäre er nicht mit mir dorthin gegangen.«

Ich schlucke trocken. Jetzt erinnere ich mich. Vor ungefähr einem Jahr kam Tassilo häufig früher von der Arbeit nach Hause, nahm Timo mit, und die beiden verschwanden für ein bis zwei Stunden. Ich dachte: Was hecken die beiden wohl aus, vielleicht eine Überraschung für meinen Geburtstag?

Eines Tages kam Timo zu mir und sagte: *Mama, dich ruft demnächst eine Frau aus dem SPZ an.* Ich kapierte gar nicht, von was er sprach, fragte: *Wer? Wieso?* Doch Timo schüttelte nur den Kopf und antwortete: *Das will ich dir nicht sagen.* Dann ging er nach oben.

Ein paar Stunden später rief tatsächlich eine Psychologin an und erklärte mir, dass Timo bei ihr in Behandlung sei. *Es hat einen Vorfall gegeben, den Tassilo mitbekommen hat. Was genau, darf ich Ihnen aufgrund der Schweigepflicht nicht sagen*, teilte sie mir mit.

Ich verstand das nicht. Warum rief sie mich an, sagte mir dann aber nicht, was vor sich ging? Was sollte das? Ich fragte: *Was ist mit Timo los?*

Die Frau versuchte, mich zu beruhigen. *Machen Sie sich keine Sorgen. Timo hat den Sinn des Lebens noch nicht gefunden, das ist mit sechzehn Jahren ganz normal.* Dann gab sie mir eine Notfall-Nummer, falls irgendwas sein sollte.

Ich weinte. Was war nur mit meinem Kind los?

Als ich Timo darauf ansprach, blockte er sofort ab und machte dicht. Schaltete auf stur und wurde zornig. Ich bekam nichts aus ihm heraus. Es war sinnlos. Er war schon immer so, machte die Sachen lieber mit sich selbst aus. Jedes Mal, wenn ich merkte, dass etwas nicht stimmte, und bei ihm nachhakte, reagierte er nur umso trotziger und verschloss sich komplett. Es war schwer, an ihn heranzukommen. Ich versuchte es bei Tassilo, doch der sagte nur, er hätte Timo versprochen, nichts auszuplaudern. Meine Jungs hielten zusammen. Ich biss auf Granit.

Kurze Zeit später verschwanden Tassilo und Timo nicht mehr. Ich dachte: Die Psychologin hatte wohl recht und ich brauche mir keine Sorgen zu machen. Es ist alles wieder in Ordnung. Danach war die Sache für mich erledigt und ich fragte auch nicht weiter nach. Das ist etwa ein Jahr her.

War das ein schrecklicher Fehler? Die Angst davor, dass ich etwas wichtiges Übersehen habe, greift mir jetzt eiskalt in den Nacken. »Um was ging es da wirklich?«, frage ich Tassilo. Mir stehen Tränen in den Augen. »Was war damals los?«

»Timo hat von sich aus das Gespräch mit mir gesucht«, erzählt er, ohne mich anzusehen. »Er hat allen seinen Freunden gesagt, er würde nach Amerika abhauen, damit ihn keiner vermisst, wenn er sich das Leben nimmt.«

»Wenn er was?« Meine Stimme klingt schrill.

Tassilo nickt matt. »Danach hat er versucht, sich in Sontheim vor den Zug zu legen. Er hat es aber nicht geschafft. Er hat im letzten Moment Angst bekommen und ist von den Gleisen gesprungen.«

Warum hast du mir denn bloß nichts davon gesagt?, will ich ihn fragen, doch da sehe ich seine Augen. Es ist kein Leuchten mehr in ihnen. Sie sind stumpf, irgendwie gebrochen. Da wird mir klar, welche Vorwürfe er sich macht.

»Ich habe die Initiative ergriffen und bin sofort mit Timo ins Klinikum gefahren«, erzählt er weiter. Es klingt verzweifelt, und wie eine Rechtfertigung. »Er war dazu bereit, aber nur unter der Bedingung, dass wir euch nichts davon erzählen. Das musste ich ihm versprechen. Hätte ich dir was davon gesagt, wäre er nicht mehr hingegangen, und er hätte mir nie wieder so etwas erzählt. Du weißt ja, wie Timo war.«

Ich nicke. Ja, das weiß ich. Er war einerseits herzlich, offen, spontan und lustig. Aber andererseits konnte er auch zurückgezogen und in sich gekehrt sein. Er war zielstrebig, ehrgeizig, manchmal regelrecht verbissen. Wenn er ein ganz konkretes Ziel vor Augen hatte, hat er darauf hingearbeitet. Das war so, als er einen Hund haben wollte, und das war auch so, als er den Motorradführerschein in Angriff nahm. Er war sehr zuverlässig. Wenn Timo eine Zusage gemacht hat, dann hat er sie auch eingehalten. Er war so hilfsbereit, dass man schon fast von einem Helfersyndrom sprechen konnte. In seiner Freizeit hat er geboxt, war aber gegen Gewalt, und als er seinen ersten Kampf haben sollte, weigerte er sich, weil er niemanden verprügeln wollte. Timo war sehr sensibel, nahm auch Kleinigkeiten oft persönlich und zog sich dann beleidigt in sein Schneckenhaus zurück. Er war schwer einzuschätzen, und ich verstehe, dass Tassilo Angst davor hatte, dass er ihm in Zukunft nichts mehr anvertrauen würde, wenn er ihn verriet.

»Danach war Timo ungefähr acht Wochen bei einer Psychologin im Klinikum in Behandlung. Ich brachte ihn jede Woche zweimal hin und wartete dann so lange auf dem Parkplatz, bis er fertig war.«

Das Bild des großen Bruders, der extra früher aus der Arbeit kommt, sein Spritgeld verfährt und stundenlang vor dem Krankenhaus wartet, rührt mich. Für einen Zwanzigjährigen gehört einiges dazu, so viel Verantwortung für seinen kleinen Bruder zu übernehmen, mit dem er eigentlich gar nicht so viel zu tun hatte. Die beiden waren grundverschieden, jeder machte sein eigenes Ding. Trotzdem hat Tassilo sich sofort um Timo gekümmert, als er Hilfe brauchte. Ich bin stolz auf ihn, dass er so umsichtig und klug gehandelt hat.

»Während der Behandlung überzeugte die Psychologin Timo davon, dass es besser sei, euch einzuweihen«, erzählt er weiter. »Das hat er ja auch gemacht. Wir haben euch nur nicht gesagt, warum. Wenn ich gewusst hätte ...« Er bricht ab.

Ich lege meine Hand auf seinen Unterarm. »Du hast alles richtig gemacht«, sage ich. »Mach dir bloß keine Vorwürfe. Das ist schon lange her. Woher hättest du wissen sollen, dass es ihm wieder so schlecht geht?« Nach einem kurzen Zögern füge ich vorsichtig hinzu: »Oder wusstest du es?«

Tassilo schüttelt den Kopf. »Er hat nie wieder mit mir darüber geredet.«

Ich nicke und drücke noch einmal seinen Arm. »Was wollten die Polizisten noch von Dir wissen?«

»Ob Timo auch Medikamente eingenommen hat. Aber davon weiß ich nichts. Dann haben sie gefragt, warum wir nach den acht Wochen nicht mehr ins SPZ gefahren sind.«

»Und?« Das interessiert mich auch.

»Timo wollte keine weitere Behandlung mehr und die Psychologin meinte, dass er soweit wieder okay wäre, keine Suizidgedanken mehr hätte, und dass man ihn nicht weiterbehandeln müsste«, sagt Tassilo.

»Wirklich?« Ich richte mich auf meinem Stuhl auf.

Tassilo nickt.

Wut beginnt durch meine Adern zu pulsieren. Wie ist es möglich, dass eine Psychologin die Eltern nicht informiert, wenn ein konkreter Suizidversuch stattgefunden hat? Dass sie nach acht Wochen einfach beschließt, der Jugendliche müsste nicht weiter behandelt werden?

»Du kannst nichts dafür«, sage ich nochmal zu Tassilo. Am liebsten würde ich ihn in den Arm nehmen, aber ich weiß, dass ihm das zu viel Nähe ist. »Timo hat dir vertraut, du musstest dein Versprechen halten. Das verstehe ich. Aber es wäre die verdammte Pflicht der Psychologin gewesen, mich darüber zu informieren, dass sich mein Sohn auf die Gleise gelegt hat.«

AUF DER SUCHE NACH ANTWORTEN

Immer wieder denke ich darüber nach, ob vielleicht Timos Kindheit der Grund für seinen sensiblen und in sich gekehrten Charakter war. Trotz seiner Verbissenheit, seiner Sturheit, seines Ehrgeizes und seines Perfektionismus war Timo immer ein sehr empfindsamer Junge. Er war sogar ziemlich schüchtern. Und eben ein bisschen anders als andere.

Er nahm vieles sehr persönlich und hat gerne überdramatisiert. Dann verzog er sich in sein Zimmer und wollte mit niemandem mehr sprechen. Das war nicht immer der Fall, aber es gab Phasen, in denen es besonders schlimm war. Das war schon seit Timos Kindheit so.

Ja, es stimmt. Meine Söhne mussten einiges mitmachen. Ich habe alles für sie gegeben und immer für sie gekämpft. Aber ich hatte es selbst nicht gerade leicht.

Ich bin Tochter einer alleinerziehenden Mutter, die bei meiner Geburt erst 18 Jahre alt war, und wuchs zum größten Teil bei meiner Großmutter auf. Sie war einer der tollsten Menschen, die ich je kennengelernt habe. Sie war selbst Mutter von vier Kindern, ihr Sohn Arno starb mit achtzehn Jahren bei einem Autounfall. Mit Mitte dreißig bekam Sie Krebs und hätte fast nicht überlebt, war Morphium-abhängig. Erst als ich unterwegs war, kämpfte sie sich zurück ins Leben. Großvater war Alkoholiker. Er starb, als ich acht Jahre alt war. Ich habe gesehen, wie man ihn reanimierte, das brannte sich in mein Gehirn ein. Ich wollte das Schlafzimmer seither nie mehr betreten.

Meine Großmutter, damals Besitzerin von zwei Gaststätten, zog mich groß, nahm weitere Pflegekinder zu sich. Eine unglaubliche Leistung. Wahrscheinlich habe ich meinen Kampfgeist von ihr. Als ich etwa fünf oder sechs Jahre alt war, kam sie mit einem Tunesier zusammen. Da war auf einmal der Vater, den ich nie gehabt hatte. Sie wanderte nach Tunesien aus und nahm mich mit.

Als ich acht oder neun Jahre alt war, musste ich zurück nach Deutschland, da wir kein Geld mehr für einen Privatlehrer hatten. Ich lief oft davon, obwohl meine Mutter alles für mich tat, und eigentlich hatte ich ein schönes Leben. Ich durfte fast in allen Ferien zu meiner Großmutter fliegen, das war für mich das Schönste überhaupt. Auch wenn meine Mutter in den Urlaub flog, war ich immer mit dabei. In meiner Jugend hatte ich schon fast die ganze Welt gesehen.

Ich begann eine Ausbildung zur Pferdewirtin, die ich jedoch abbrach. Wenn ich so darüber nachdenke, wird mir bewusst, dass ich schreckliches Heimweh hatte, und genau die gleichen Symptome wie Timo.

Mit 15 Jahren hatte ich dann meinen ersten festen Freund. Er war sechs Jahre älter als ich, und ich war sehr verliebt in ihn. Mit sechzehn dann der Hammer: Ich war schwanger. Ein paar Monate später ließ er mich sitzen. Wir stritten einige Monate, letztlich siegte aber die Vernunft, und wir sind bis heute sehr gut befreundet.

Meine zweite Ausbildung zur Einzelhandelskauffrau musste ich erstmal unterbrechen, denn kaum siebzehn Jahre alt, bekam ich meinen ersten Sohn – Tassilo. Schon während der Schwangerschaft lernte ich meinen nächsten Freund kennen, richtig zusammen kamen wir aber erst, als Tassilo schon auf der Welt war. Als er zwei Monate alt war, zog ich dann heimlich und ohne ein Wort zu sagen, zu meinem Freund. Das war nicht richtig, aber ich wollte damals jegliche Konfrontation mit meiner Mutter vermeiden. Sie konnte ihn nicht leiden.

Er hatte einen Reitstall, und da ich ein riesiger Pferdenarr war, und immer selbst Pferde hatte, war das für mich ideal. Von nun an lebte ich bei ihm, ein Traum ging für mich in Erfüllung. Ich konnte mich um mein Kind, die Pferde und um ihn kümmern, ich war ja im Erziehungsurlaub.

Als ich achtzehn Jahre alt war, beschlossen wir, zu heiraten. Zwei Tage vor der Hochzeit mussten wir zum Notar, dort bekam ich den Ehevertrag vorgelesen. Ich verstand das alles gar nicht, unterschrieb einfach, und wir heirateten.

Als wir nach Hause gingen, lud er alle Leute mit zu uns ein. Das war mir nicht recht, ich wollte doch eine romantische Hochzeitsnacht mit ihm verbringen. Er war stockbetrunken. Auch ich war angetrunken und wurde stinksauer. Im Garten am Lagerfeuer maulte ich ihn an. Da schlug er mich vor allen Gästen im Brautkleid in den Dreck. Das war mir unendlich peinlich, ich habe mich so dafür geschämt. Ich wusste nicht mehr weiter, rief meine Mutter an, die sofort kam, um mich zu holen. Ich ging aber nicht mit, ich liebte ihn doch. Er soff, und ich weinte die ganze Nacht.

Mein Mann trank am Anfang jeden Tag seine ein bis zwei Feierabendbier. Nach der Hochzeit wurde es aber immer mehr. Abends ging er dann noch in die Kneipe. Oft bekam ich Prügel, wenn er nach Hause kam. Ich wurde dann auch sehr cholerisch und schrie ihn an, sah immer meinen betrunkenen Großvater vor mir.

Ich hatte mittlerweile mein Kind und drei Jobs, ging am Wochenende nachts Musik machen, damit wir uns den Stall mit den zwanzig Pferden leisten konnten. Als Tassilo eineinhalb Jahre alt war, dachten wir über ein zweites Kind nach.

Man muss dazu sagen, dass Tassilo ein kleiner Teufel war. Mit neun Monaten konnte er laufen und sprechen. Sobald man ihn auf den Boden stellte, war er weg. Ich lief nur hinter diesem Kind her, denn er machte alles kaputt, was nicht niet- und nagelfest war, und stellte alles an, was man sich nur vorstellen kann. Er brachte mich an den Rand der Verzweiflung. Ich war erst achtzehn Jahre alt, und meine Nerven lagen blank.

Mit zweieinhalb zündete Tassilo unser Haus an. Selbst mit der Feuerwehr gönnte er sich noch einen Spaß und sagte: »Hab ich Feuer macht und Feuerwehr kommt!« So stand es auch als Überschrift in der Tageszeitung. Die Folge: Anzeige wegen fahrlässiger Brandstiftung. So ging es dann permanent weiter, und ich zweifelte an mir, ob ich überhaupt fähig sei, ein Kind zu erziehen.

Unser Heim war komplett ausgebrannt. Mein Mann hatte nur eine minimale Versicherung abgeschlossen, die gerade mal 6.000 Mark bezahlte. Wir renovierten, so gut es eben ging, und lebten nun auf zwanzig Quadratmetern, mit einer Terrasse und einem Wohnmobil. Wir wollten das Haus größer aufbauen, und ich wollte erstmal weiterarbeiten, da sonst das Geld für den Neubau nicht reichen würde. Doch es war zu spät. Ich war wieder schwanger.

Meine zweite Schwangerschaft war sehr anstrengend, und das Baby war sehr schwer. Acht Wochen vor der Geburt brach mir Timo durch sein festes Gestrampel zwei Rippen.

Wir bauten trotzdem, es blieb uns nichts anderes übrig. Währenddessen zogen wir eine Straße weiter zu einem Nachbarn, der im Obergeschoss eine leerstehende Wohnung hatte. Nebenher baute ich mir in der Garage einen Saddleshop auf.

Tassilo machte weiter Probleme: Bei jedem Gespräch im Kindergarten musste ich hören, wie unfolgsam er sei.

Im Februar 1999 kam dann Timo zur Welt. Ich war froh, als endlich der Termin für den Kaiserschnitt anstand. Gegen die Geburt von Tassilo, bei der ich fast zwanzig Stunden Presswehen und dann doch einen Notkaiserschnitt gehabt hatte, war sie easy. Bei der Geburt war ich allein. Mein Mann hielt es für wichtiger, eine Reitstunde zu geben, als bei der Geburt seines Sohnes dabei zu sein.

Immer noch hielt ich uns und die beiden Kinder mit mehreren Jobs über Wasser. Timos Vater vertrank einen großen Teil seiner Einnahmen. Eines Tages räumte ich die Wäsche auf und fand ein paar zerknäulte Socken in seiner Schublade. Ich wollte sie neu zusammenlegen, dabei fielen 8.000 Mark heraus. Ich stellte ihn zur Rede, warum ich alles bezahlen muss, wenn er so viel Geld hat. Er war nicht mehr nüchtern und schlug mich mit dem Kopf gegen den Türstock. Ich sah nur noch, dass Tassilo gegenüber in der Tür stand und alles mit anschaute.

Ein anderes Mal würgte er mich so sehr, dass ich am nächsten Tag breite, blaue Striemen am Hals hatte. Von da an schloss ich mich und die Kinder immer ein, wenn er von der Kneipe kam. Ich wagte es auch nicht mehr, cholerisch zu werden. Das gewöhnte ich mir völlig ab. Das ist vielleicht eines der wenigen positiven Dinge, die ich ihm zu verdanken habe. Seit damals versuche ich, alles in Ruhe zu klären. Auch meine Kinder habe ich nur zwei oder drei Mal im Leben richtig angeschrien. Ich kann Auseinandersetzungen jetzt anders klären.

Anfang Oktober merkte ich, dass sich mein Mann veränderte. Im November zogen wir dann in das neue Haus. Kurz darauf wurde auch meine beste Freundin mir gegenüber anders. Ich sprach sie an und fragte sie direkt, ob sie ein Verhältnis mit meinem Mann hätte. Sie druckste rum, verneinte es. Schließlich sagte er es mir selbst. Er kam eines Abends sternhagelvoll zur Tür rein und setzte sich zu mir an den Tisch. Er lallte: *Du hast recht, ich habe was mit deiner besten Freundin, und sie ist tausend Mal besser als du.*

In den folgenden Tagen bekam ich mit, dass es alle Leute, sowohl im Stall als auch in seiner Stammkneipe, bereits seit Wochen wussten. Wieder schämte ich mich in Grund und Boden, hätte mich am liebsten unter der Eckbank verkrochen und wäre nie mehr heraus gekommen. Als sich herausstellte, dass er die Affäre nicht beenden wollte, trennte ich mich endgültig.

Er trat nochmal nach und bot mir allen Ernstes an, bei ihm wohnen zu bleiben, unter der Bedingung, dass ich die andere akzeptierte. Da war ich lieber von heute auf morgen obdachlos, mit zwei kleinen Kindern, zwei Pferden, zwei Katzen und einem Hund. Wohin sollte ich? Meine Tante und mein Onkel hatten einen Hof und boten mir an, erst einmal dort zu wohnen. Die Pferde konnte ich auch mitnehmen.

Meinen Saddleshop hatte ich durch die Trennung verloren, die Marketingfirma, bei der ich arbeitete, ging bankrott und die Band, mit der ich Musik machte, trennte sich. Somit musste ich mit Kindergeld, dem Unterhalt für Tassilo und den paar Kröten, die ich mittlerweile als Kellnerin verdiente, auskommen. Ich versuchte, durch Reitunterricht noch etwas dazuzuverdienen, was aber vorne und hinten nicht reichte. Ein Ding der Unmöglichkeit, meine Kinder und mich so durchzubringen. Meine Tante und mein Onkel verlangten keine Miete und meine Mutter unterstütze mich finanziell – ohne die drei hätte ich es nicht geschafft.

Ich war einundzwanzig Jahre alt und mittellos. Timos Vater bezahlte keinen Unterhalt, ich musste deswegen zu einem Anwalt. Nun begann also auch noch der Rosenkrieg. Der Anwalt las den Ehevertrag und schüttelte nur noch den Kopf: *Wie konnten Sie so etwas nur unterschreiben?* Er erklärte mir, dass ich mit meiner Unterschrift im Falle einer Trennung auf jeglichen Unterhalt, auch auf den meines Kindes, verzichtet hatte. Dazu kam, dass ich für das Haus zwar mit im Kreditvertrag stand, aber nicht im Grundbuch. Der Anwalt vergaß, den Antrag für die Prozesskostenhilfe einzureichen, sodass ich einen gewaltigen Anteil selbst bezahlen musste. Wieder sprang meine Mutter ein. Wir verloren den Prozess, und der Richter meinte, mein Mann hätte sowieso kein Geld und könnte nicht bezahlen.

Für mich brach eine Welt zusammen. Ich wollte ja nicht mal Unterhalt für mich, sondern nur für mein Kind! Meine Mutter meinte, ich solle nicht aufgeben und empfahl mir eine Anwältin. Die ging mit mir in Berufung, focht den Ehevertrag an, weil er sittenwidrig war. Der Prozess zog sich über Jahre hin, aber schließlich bekamen wir recht, und mein damaliger Mann musste den Unterhalt für Timo nachzahlen. Insgesamt 13.000 Euro, die er überwies, mit dem Verwendungszweck: *Für die größte Sau, die es gibt.* Den Kontoauszug habe ich bis heute aufgehoben.

Ich pachtete einen großen Reitstall. Er gehörte einem Reitverein, der sein Darlehen nicht mehr bedienen konnte. Als ich dort einzog, kam sofort Neid auf. Der Verein sabotierte mich: Böse Briefe schreiben, Müll auf dem Gang auskippen, das warme Reiterstübchen absperren, sodass ich meine kleinen Kinder nicht mal bei eisigen Temperaturen ins Warme setzen konnte ... Sie machten mir das Leben dort zur Hölle. Nach sechs Monaten gab ich auf.

Also wieder arbeitslos. Genau zu dieser Zeit wurde meine Großmutter zum Pflegefall und zog zu meiner Tante. Das hieß, ich musste dort weg. Nun suchte ich verzweifelt nach einer Wohnung. Die einen wollten mich wegen meines Hundes nicht, viel mehr Ablehnungen bekam ich jedoch, weil ich alleinerziehend mit zwei kleinen Kindern war.

Wir fanden schließlich eine Wohnung in einer Bauruine, die zum Verkauf stand. Mit dreiundzwanzig Jahren und null Ahnung begann ich also ganz allein, eine komplette Wohnung zu sanieren. Erstmal musste ich sie entkernen und dann neu aufbauen. Ich lernte sehr viel, es flossen aber auch oft Blut, Schweiß und Tränen. Meine Zwerge waren immer mit dabei, egal wie kalt es war. Ich gab nebenher wieder Reitunterricht, um uns über Wasser zu halten. Die Kinder kamen immer zu kurz, aber was hatte ich für eine Wahl?

Indes begann der Hass in Timos Vater zu brodeln, weil er Unterhalt bezahlen musste. Zuerst zeigte er mich bei der Arbeitsagentur an, weil ich zwei Pferde hatte. Daraufhin wurden meine Zahlungen – ohnehin nur 350 Euro – sofort eingestellt. Dann half mir ein rumänischer Freund bei Verputzarbeiten; mein Ex-Mann hängte mich abermals hin. Die Polizei tauchte auf, wies ihn sofort nach Rumänien aus und ich musste 1.800 Euro Strafe bezahlen. Der Mann trieb mich in den Ruin.

Mit Timo sprach er das letzte Mal an dessen zweitem Geburtstag. Seitdem ist er nie wieder aufgetaucht. Danach habe ich ihn nur noch einmal in einem Geschäft getroffen, doch Timo erkannte ihn nicht, und er sagte auch nichts zu seinem Sohn, nicht mal *hallo*.

Ich frage mich, ob Timo darunter gelitten hat, dass sich sein Vater nie um ihn gekümmert hat. Erinnerungen hat er wohl kaum an ihn, er war ja erst ein paar Wochen alt, als ich ihn verlassen habe. Anfangs brachte ich ihm die Kinder zwei Mal pro Woche, doch er drückte sie immer irgendwelchen Reitschülern aufs Auge. Aufzwingen wollte ich sie ihm dann auch nicht.

Ich habe Timo nie etwas Schlechtes über seinen Vater erzählt, weil ich wollte, dass er sich sein eigenes Bild macht. Den Rechtsstreit wegen des Unterhalts hat er aber natürlich mitbekommen, und Tassilo hat ihm bestimmt auch vieles erzählt.

Als ich Jürgen heiratete, wollte Timo seinen Nachnamen annehmen, doch sein leiblicher Vater sträubte sich dagegen. Ich schickte ihn zusammen mit meiner Mutter hin, damit er seinen Vater selbst um dessen Zustimmung bitten konnte. Er sollte sehen, dass Timo selbst das wollte, und nicht ich.

Er war gerade mit seinem anderen Sohn beim Fußball, deshalb fuhren die beiden spontan zu seiner Mutter, um ihm die Nachricht über die Namensänderung zu hinterlassen. Die sagte zu Timo: »Ja, ja, dein Vater hat immer gesagt, wenn du selbst mobil bist, und etwas von ihm willst, wirst du schon kommen.« Ich weiß, dass ihm das sehr wehgetan hat. Von diesem Tag an wollte er nie wieder etwas von seinem leiblichen Vater wissen. Die Zustimmung hat er schließlich bekommen, aber nur, weil ich vor Gericht einen Vergleich auf lediglich 13.000 Euro Unterhalts-Nachzahlung einging.

Dass sein Vater sich nicht für ihn interessierte, hat Timo sicher sehr belastet, doch über Gefühle wollte er nie reden. Sprach ich ihn darauf an, spielte er den Harten oder zog sich zurück. Ich denke aber, er hat darunter genauso gelitten wie ich damals, als ich ohne Vater aufwuchs.

Ich schaffte es, die Wohnung innerhalb eines Jahres so herzurichten, dass ich dort mit meinen Kindern einziehen konnte. Bald darauf kam ich mit Jürgen zusammen, den ich aus dem Motorradclub kannte, und bekam einen Halbtagsjob in einer Dreherei.

Jürgen hatte keine eigenen Kinder und mit meinen Jungs war es anfangs nicht leicht für ihn. Die beiden waren damals vier und sieben Jahre alt und ziemlich aufmüpfig. Er hatte zudem noch finanzielle Probleme mit seiner Ex-Freundin zu klären. Drei Jahre lang wohnten wir mal bei ihm, dann wieder bei mir. Timo wurde erst in seinem Dorf eingeschult und machte dann die zweite Klasse hier. In dieser Zeit waren meine Kinder ziemlich hin und her gerissen, hatten kein richtiges Zuhause.

Mit der Zeit kam Jürgen immer besser mit ihnen aus. Er war ein cooler Typ, ein Rocker mit langem Bart und jeder Menge Tattoos, der immer Schwarz trug. Die Jungs kamen gern auf die Motorradtreffen mit und wir wurden eine richtige Familie. Jürgen war immer lustig und fröhlich, half, wo er nur konnte, und hatte immer ein offenes Ohr. Er tat uns unheimlich gut, und bald verstand er sich so gut mit Tassilo und Timo, dass sie ihn als Vater ansahen, und er endgültig zu uns zog.

Tassilo machte in der Schule Schwierigkeiten. Er mochte seine Lehrerin nicht und schloss sich täglich in der Toilette ein. Jeden Tag musste ich zur Schule und ihn da wieder rausholen. Die Lehrerin meinte, er sei hyperaktiv und ich solle ihn testen lassen. Bei der Beratungsstelle kam jedoch heraus, dass er einen sehr hohen IQ habe und deshalb unterfordert sei. Für eine Hochbegabten-Schule waren es jedoch zwei Punkte zu wenig. Ich verzweifelte immer mehr, die Lehrer auch.

Als Tassilo acht Jahre alt war, war er mit einem anderen Jungen im Nachbardorf unterwegs. Im Jugendheim stand ein großes Fenster auf, und die beiden kletterten rein, holten sich Nüsse und zwei Messer aus einer Schublade und schnitzen draußen an einem Baum herum. Folge: Anzeige wegen Hausfriedensbruch, Mundraub und Sachbeschädigung.

Bald darauf wollte er mir eine Freude machen und mir einen Strauß Blumen pflücken. Leider tat er dies auf dem Friedhof, was in einem katholischen Dorf nicht wirklich gut ankommt. Heute kann ich darüber lachen, aber damals war es wirklich nicht lustig. So ging es weiter. Er spielte auf den Bahngleisen, der Bundesgrenzschutz brachte ihn nach Hause und schaltete das Jugendamt ein. Danach musste er tagsüber zu einer Tagesmutter. Als er mir nach einem halben Jahr erzählte, dass er dort nur allein oder bei der Großmutter war, sprach ich mit dem Jugendamt und konnte die Sache wieder beenden. Es folgten zerkratzte Autos und vieles, vieles mehr.

Timo stellte zum Glück nur selten etwas an, und wenn, dann nichts Schlimmes. Er war der Ruhigere von beiden, der Unkompliziertere.

In der Zwischenzeit schloss die Dreherei, in der ich arbeitete. Ich war wieder ohne Job und ohne abgeschlossene Berufsausbildung. Da entschloss ich mich, bei der IHK mit einem eigenen Gewerbe die Ausbildung zur Einzelhandelskauffrau fertigzumachen, obwohl ich alles selbst bezahlen musste. Ich ging also elf Wochen in die Berufsschule und machte meine Abschlussprüfung mit einem Notendurchschnitt von 1,5. Ich war unheimlich stolz auf mich.

Voller Motivation bewarb ich mich bei sämtlichen Firmen, bekam aber nur ein Vorstellungsgespräch. Die Dame sagte mir, mit diesem Abschluss und mehr als drei Jahren Berufserfahrung könne sie mir die Stelle nicht geben, da ich zu teuer sei. Ich war bereit, auch für weniger Geld zu arbeiten, doch das war nicht möglich, da ich tariflich bezahlt werden müsse. Sie sagte, wenn ich irgendwann einmal dagegen klagen würde, müsste mir die Firma alles nachzahlen. Das sei auch der Grund, warum ich höchstwahrscheinlich nur Absagen bekäme.

Ich war total frustriert. Also beschloss ich, noch eine Ausbildung als Industriemechatronikerin zu machen. Ich schickte wieder Bewerbungen los und bekam Absagen, in denen stand, sie möchten jungen Leuten eine Chance geben. Ich verstand die Welt nicht mehr. Ich war doch erst 25 Jahre alt. War das etwa alt?

Was sollte ich jetzt tun? Ich fasste den Plan, auf die Fachoberschule gehen, um Abitur zu machen und zu studieren. Doch als die Sekretärin mein Zeugnis sichtete, schüttelte sie den Kopf: *Sie haben ja gar kein Englisch im Abschluss*, sagte sie. Einzelhandel war damals ohne. Das Fachabi nachzuholen, war also auch nicht möglich. Es war zum Wahnsinnigwerden.

Ich bekam schließlich einen Halbtagesjob auf einem Arabergestüt. Die Arbeitszeiten passten zu Timos Kindergartenzeiten, der Job war gut bezahlt. Endlich Arbeit! Dafür nahm ich auch in Kauf, dass der Job hart und die Chefin völlig verrückt waren. Ich durfte die Boxen nicht mit der Mistgabel säubern, sondern musste das mit den Händen machen.

Timo ging nicht gern in den Kindergarten. Nur wenn sein engster Freund da war, wollte er bleiben. Es tat mir oft sehr leid, dass ich ihn morgens trotzdem dort zurücklassen musste, aber ich hatte keine Wahl. Ich musste zur Arbeit. Timo war immer schon anders als andere Kinder. Er hatte schon seit dem Kindergarten immer nur ein bis zwei Freunde, die anderen wollte er nicht. Warum, darauf konnte er mir nie eine Antwort geben. Das war bis zu seinem Tod so.

Nach einem Unfall mit einem Pferd, für den ich gar nichts konnte, wurde ich auf dem Arabergestüt gekündigt. Das Spiel begann von vorn. Ich war wieder arbeitslos. Es war einfach nur zum Kotzen.

Ich denke, dass die Probleme, die ich selbst mit Schule und Ausbildung hatte, der Grund dafür waren, warum ich unbedingt wollte, dass Timo die Schule in Isny durchzieht. Weil ich selbst so viel gekämpft habe und trotzdem immer wieder vor einer verschlossenen Tür stand. Das wollte ich meinem Sohn ersparen.

Jürgen meinte, es sei nicht schlimm, dass ich wieder arbeitslos wäre, er würde ja auch verdienen. Aber dieses Abhängigkeitsgefühl machte mich irre. Ich wollte auf eigenen Beinen stehen.

2007 heirateten wir. Jürgen sagte eines Tages: *Du hattest doch immer den Traum von einem eigenen Tattoo-Studio.* Er bestärkte mich immer und immer wieder, bis ich diesen Schritt wagte. Also eröffnete ich 2007 mein Geschäft mit einem angestellten Tätowierer und ließ mich zur Piercerin ausbilden. Es lief nur schleppend an, obwohl die Arbeit gut war. Vielleicht wegen der Wirtschaftskrise – die Leute hatten kein Geld, um sich so einen Luxus wie Tattoos zu leisten. Aber nach ein paar Jahren und einigem Auf und Ab lief der Laden endlich.

Tassilo kam sehr früh in die Pubertät und wurde ruhiger. In der Schule hatte er immer noch Probleme mit manchen Lehrern, aber mit den meisten kam er gut aus. Er kam auf den M-Zweig und schloss seine Mittlere Reife ab. Seit er sechzehn Jahre alt war, arbeitete er in den Ferien, um seinen Führerschein zu finanzieren. Er begann eine Ausbildung zum Präzisionsschleifer und schaffte den Abschluss als zweitbester Lehrling in ganz Deutschland. Ich war unglaublich stolz auf ihn.

Erst im Jahr 2013 wurde es wieder problematisch. Jürgen gehörte einer Rockergruppe an, und der Motorradclub war unser gemeinsames Ding. Nicht nur ich, sondern auch die Kinder waren sehr oft bei den Treffen dabei. Nach mehr als 25 Jahren verließ Jürgen diesen Club. Ich fragte mich damals schon, ob uns das nicht das Genick brechen würde. Die Partys, das Motorradfahren – das war unsere Gemeinsamkeit gewesen.

Tatsächlich. Unsere Beziehung wurde immer schwieriger. Ich hatte meine Hobbys: Reiten, Hunde, Lesen, Musik. Damit konnte er nichts anfangen. Er begann zu kochen – ich hasste kochen. Es war zwar schön, von der Arbeit nach Hause zu kommen und ein fertiges Essen auf dem Tisch zu haben, aber gemeinsam kochen? Nein, das wollte ich nicht.

Jürgen veränderte sich. Er war plötzlich nicht mehr der fröhliche Fels in der Brandung, als den ich ihn kennengelernt hatte. Stattdessen war er oft schnippisch und belächelte alles, was wir sagten. Deshalb sagte ich bald gar nichts mehr. Fraß alles in mich hinein, bis das Fass begann, überzulaufen. Wir stritten immer häufiger. Auch mit Timo hatte er immer mehr Probleme, da der mittlerweile voll in der Pubertät steckte und seinen Mund nicht mehr hielt. Die beiden gerieten immer öfter aneinander, und Jürgen ließ seinen Frust mit verbalen Attacken an mir und Timo aus.

Im Mai 2015 erwischten wir Timo dabei, wie er bei Online-Spielen sehr viel Geld verprasste. Er hatte bereits 1000 Euro verloren und sogar seinen eigenen Bruder beklaut. Wir redeten mit Timo und er sagte uns, dass er es nicht mehr schafft, aufzuhören. Daraufhin gingen wir gemeinsam mit ihm in eine Beratungsstelle für Spielsüchtige. Die Dame dort beruhigte uns, dass es noch keine richtige Sucht sei, sondern dass Timo sich nur Anerkennung holen würde. Sie gab uns Tipps, wie wir das Spielen eindämmen könnten: Wir sollten alle Online-Spiele von seinem PC löschen, die Online-Zeiten einschränken und ab und zu seinen Computer kontrollieren. Timo war mit allem einverstanden, und wir bekamen die Sache gemeinsam in den Griff. Jürgen ersetzte sogar das Geld, das Timo von Tassilo genommen hatte.

Heute frage ich mich: Waren das schon die ersten Alarmzeichen? Hätte ich damals mehr unternehmen müssen? Aber dann denke ich wieder: Wir konnten das Problem doch lösen. Timo hat gemerkt, dass er immer zu uns kommen kann, auch wenn er wirklich Mist gebaut hat. Er hat von uns keinen Ärger bekommen, sondern Hilfe. Wir standen hinter ihm und haben gemeinsam eine Lösung gefunden, einen Ausweg. Und es hat geklappt.

Das nächste Jahr verlief ruhig – bis zum April 2016. Da stritten sich Jürgen und Timo so sehr, dass sie monatelang nicht mehr miteinander redeten. Es ging um eine völlige Belanglosigkeit, um die Höhe irgendeiner Halle. Jürgen bezeichnete Timo als Klugscheißer. Die beiden schaukelten sich hoch, bis mein Mann ihn schließlich richtig beschimpfte und Timo ihn wiederum als Arschloch bezeichnete.

Ich stand zwischen den Stühlen und versuchte immer wieder, zu vermitteln. Das brachte aber nichts, weil beide so stur waren wie alte Ziegenböcke. Dennoch gab sich Jürgen irgendwann einen Ruck und ging auf Timo zu. Ich fand das toll von ihm. Doch Timo blieb eisern.

Mein Mann war tief gekränkt und wir machten uns gegenseitig immer mehr Vorwürfe. Timo hielt bei allen Streitereien zu mir. Die Situation war so belastend für mich, dass ich im Juli darüber nachdachte, mich von Jürgen zu trennen. Ich sprach mit Timo und Tassilo darüber. Tassilo war komplett dagegen, Timo natürlich dafür.

Hast du Angst, dass Jürgen dich wieder kränkt?, fragte ich. Da begann Timo plötzlich zu schluchzen. Es war das erste Mal, dass er weinte, seit er ein kleines Kind war. Dieser Streit im April hatte ihm so weh getan. Tassilo kam dazu, wir redeten nun zu dritt. Auch er meinte zu Timo: *Gib dem Vater noch eine Chance.* Wir entschieden, dass wir uns zu viert zusammensetzen müssen, da unsere Familiensituation uns alle angeht. Ich wollte, dass Jürgen wieder der Mann wird, den ich kennengelernt hatte. Und dass endlich wieder Frieden bei uns einkehrt.

Timo war bei dem Gespräch ängstlich und zitterte. Er versuchte aber, sich nichts anmerken zu lassen. Jürgen sagte nur zu ihm: *Können wir die Sache nicht einfach vergessen und nochmal von vorn anfangen?* Timo nickte und ich sah, dass ihm ein Stein vom Herzen fiel. Ich vermute, er hatte panische Angst vor weiteren Vorwürfen und Kränkungen. Timo blieb noch lange bei uns sitzen, wir redeten miteinander, und irgendwann sagte er, wir hätten das schon viel früher machen sollen.

Jürgen änderte sich zusehends, er wurde langsam wieder der Alte. Es ging uns endlich gut. Bis zum 6. Oktober.

DIE BEERDIGUNG

Heute wird mein Kind beerdigt. Wie soll ich das durchstehen? Bevor wir losgehen, nehme ich ein Beruhigungsmittel. Meine Freundin besorgt mir ein Blumengesteck,
denn selbst das schaffe ich nicht. Anja holt uns ab und
fährt uns zum Friedhof. Weder Jürgen noch ich hätten es
geschafft, selbst dorthin zu fahren.

Das Erste, was ich auf dem Friedhof bewusst wahr-
nehme, ist Timos Urne auf einem Podest vor der Leichen-
halle. Es ist eiskalt, aber die Sonne scheint und bringt
endlos viele Sterne auf dem schwarzen Metall zum Glit-
zern. Timos Weltall. Timos Universum. Wo ist er jetzt? Irgendwo dort draußen? Schaut er von oben auf uns herunter? Ist er hier, mitten unter uns? In der Urne sind nur
noch seine Überreste. Das, was von einem Menschenle-
ben übrigbleibt. Drei bis vier Kilo Asche. Genauso viel
wiegt ein Kind, wenn es geboren wird.

Neben der Urne stehen ein Foto von Timo und eine
Schale mit den Sterbebildchen. Den Satz darin habe ich
ausgesucht:

Ich bin nicht tot.
Ich bin in einem anderen Raum.
Lebe in Euch weiter.
Und lebe nun meinen Traum.

Es sind viele Menschen da, ich schätze um die zweihun-
dert. Die meisten kenne ich, viele sind von weiter her gekommen. Woher wussten die überhaupt von Timos Tod?
Auch Tassilos Vater ist da und nimmt mich in den Arm.

Timos Vater ist nicht hier. Sein Schwager, seine Cousinen und seine Mutter sind gekommen, aber er hat nicht die Eier in der Hose. Jahrelang hat er sich nicht um seinen Sohn gekümmert, und nicht mal jetzt, auf Timos letztem Weg, kann er für ihn da sein.

Einige Leute habe ich noch nie gesehen. Da ist ein großgewachsener Junge, der die ganze Zeit mit offenem Mund in den Himmel schaut und bitterlich weint. Wer das wohl ist?

Jürgen und ich sind beide nicht mehr in der Kirche und wollten deswegen auch keine religiöse Zeremonie. Wir wollten aber auch keinen freien Redner, sondern haben den Pfarrer gebeten, der Timo konfirmiert hat. Er sagte sofort zu, eine längere Bestattung auf dem Friedhof für Timo zu gestalten. Die Rede des Pfarrers trifft mich mitten ins Herz:

»Ich rufe zu Gott und schreie um Hilfe. In der Zeit meiner Not suche ich den Herrn. Meine Hand ist des Nachts ausgestreckt und lässt nicht ab, denn meine Seele will sich nicht trösten lassen. Ich denke an Gott, und mein Herz ist betrübt, mein Herz ist in Ängsten.

Liebe Angehörige, die großen Worte verbieten sich heute fast von selbst. Ein solcher Tod verändert alles. Ich denke, es gibt niemanden, der nicht berührt ist. Wir erleben, wie der Tod alles anders aussehen lässt. Das Leben ist eine Leihgabe auf Zeit. Ein sehr, sehr schwerer Weg liegt nun vor Ihnen und vor uns allen, die trauern.

Traurig, ratlos und verzweifelt müssen wir Timo Metzeler im Alter von 17 Jahren beerdigen. Und dabei kann man noch gar nicht begreifen, was geschehen ist. Fassungslos stehen wir vor dem Unglück, das plötzlich alles verändert hat. Vieles bleibt unerklärlich. Fragen über Fragen werden zur Qual. Warum? Wie konnte das passieren? Und diese Fragen kreisen unaufhörlich in unseren Köpfen. Sie belasten uns und unsere Seelen und machen unsere Herzen schwer.

Mitten im Leben der Tod. Unser Schmerz übersteigt unsere Kräfte. Wir müssen ertragen, was wir so wenig verstehen. Unglücklich stehen wir davor und fühlen uns verloren.

Worte haben ihre Kraft verloren, noch ehe wir sie sagen. Es ist fast aussichtslos. Dieser Tod gibt keinen Sinn. Dieser Tod ist sinnlos. Auch die Worte, nach denen wir suchen, geben keinen Sinn, werden sinnlos. Die vielen Fragen und das große Schweigen treten in den Vordergrund.

Was ich Ihnen und euch heute sagen soll und kann, weiß ich eigentlich gar nicht. Es fällt mir schwer, die richtigen Worte zu finden. Worte des Trostes, die ich Ihnen allen gerne sagen möchte, fallen mir schwer und sind auch kaum zu finden. Denn so vieles ist Ihnen genommen worden, dass ich Ihnen auch keinen billigen Trost sagen möchte ...«

Jürgen sitzt links von mir, Tassilo rechts. Als die Lieder gespielt werden, die ich ausgesucht habe, durchbricht mein Schmerz die Valium-Hülle mit rüder Gewalt. Ich weine, schluchze, die Tränen laufen einfach über und scheinen nie wieder versiegen zu wollen. Ich wusste nicht, dass ein Mensch so viele Tränen in sich hat.

Tassilo sitzt zusammengekrümmt da, verbirgt das Gesicht in den Händen, ich höre ihn schluchzen. Sein Körper bebt und zuckt. Es ist das erste Mal, dass ich ihn weinen sehe. Ich nehme ihn in den Arm und sage: »Mach dir bloß keine Vorwürfe!«

»Mache ich nicht.« Er bringt die Wörter fast nicht heraus. Es tut unglaublich weh, meinen Sohn so verzweifelt zu sehen. Wie gern würde ich ihm in diesem Moment besser helfen können, doch ich habe keine Kraft dazu, bin völlig in meinem eigenen Schmerz gefangen und mit Beruhigungsmittel zugedröhnt. Jürgen und Tassilo stützen mich auf dem Weg zur Urnensäule. Trotzdem knicken mir die Beine weg.

Zu dritt stehen wir nun hinter der Säule, und die Trauergäste treten einzeln heran, um Blumen, Briefe und kleine Engel abzulegen. Eine schwarze Masse mit ungläubigen Gesichtern, einsamen Gesichtern, vor Trauer verzerrten Gesichtern. Es ist so still, sie schweigen alle respektvoll vor Timos Grab. Nur ab und zu höre ich Schluchzer in der klaren Herbstluft aufbranden.

In der Todesanzeige haben wir darum gebeten, von Beileidsbekundungen Abstand zu nehmen. Einer Freundin von mir ist das egal, sie kommt einfach zu mir und nimmt mich fest in den Arm. In diesem Moment bin ich sehr froh darüber.

Der Steinmetz, der die Urnensäule gemacht hat, ist ein sehr guter Freund von mir. Zwei Wochen vor Timos Tod waren wir alle zusammen auf einem Motorradtreffen, und Timo diskutierte die halbe Nacht mit ihm über Astrophysik. Deshalb hat er Timos Namen und ein Atom in eine schwarze Steinplatte eingefräst, die er vor seiner Urne ablegt. Irgendwann werde ich sie zum Gedenken neben den Gleisen an Timos Todesstelle legen.

Nach etwa einer Stunde ist die Beerdigung vorbei.

Jürgen stellt Timos Urne auf ihren Platz in der Säule. Normalerweise macht das der Bestatter, doch meinem Mann war es wichtig, das selbst zu übernehmen. »Timo auf seiner letzten Reise zu begleiten, ist das Einzige, was ich noch für ihn tun kann«, sagt er. Ich bin froh, dass er das für Timo macht. Er steht leicht gebückt, doch er schafft es, die Kraft für diese Geste aufzubringen. Jürgen stellt die Urne vorsichtig in die Nische, fast zärtlich. Er hält sie noch kurz mit seinen starken Händen umfasst, dann lässt er Timo los.

Ich war noch nie in meinem Leben so leer und erschöpft. Am liebsten würde ich mich hier zu Timo legen. Für immer. Dann wäre dieser unerträgliche Schmerz endlich vorbei. Jürgen und Tassilo haken mich unter und führen mich weg. Weg von meinem Kind.

ZURÜCK IM ALLTAG

Zuerst wollten wir kein Leichenmahl. Zwei Tage vor der Beerdigung entschlossen wir uns aber doch dazu, noch auf Kaffee und Kuchen zu gehen. Wir hatten Angst, allein zu Hause zusammenzubrechen. Tassilo geht nicht mit, er rauscht nach der Beerdigung mit seinen Freunden ab. Wohin? Keine Ahnung.

Mit etwa dreißig Leuten gehen wir in ein Café. Ich kenne die Eigentümerin seit vielen Jahren persönlich. Sie hat sich unglaublich viel Mühe gegeben und bringt einen selbstgebackenen Kuchen nach dem nächsten. Essen kann ich nichts, aber es ist tröstlich, im Kreis meiner Familie und Freunde aufgefangen zu sein.

Abends sind wir allein. Die Beerdigung hat nichts in mir verändert. Noch immer hoffe ich, dass die Tür gleich aufgeht und Timo nach Hause kommt. Ein Teil von mir will noch immer glauben, dass alles nur ein Missverständnis war. Ich will einfach nicht wahrhaben, dass mein Sohn tot ist.

Den restlichen Abend schweige ich. Manche Arten von Schmerz lassen einen sprachlos zurück. Für manche Verluste gibt es keine Worte. Es tut einfach nur weh, wenn dein Kind stirbt. Dann realisierst du, dass nichts von dem, was du sagen kannst, das ausdrückt, was du fühlst. Das ist eine Art von Schmerz, die keinen Namen hat. Ein Schmerz, der tief drinnen weh tut, denn du hast einen Teil von dir verloren, einen Teil, auf den du dein Leben aufgebaut hast. Und deshalb hat dein Leben einen Teil seiner Bedeutung verloren.

Alles was ich spüre, ist Schuld. Ich hätte zuerst gehen sollen. Ich hätte gut genug sein sollen, um Timo davon abzuhalten, zu gehen. Schließlich bin ich diejenige, die weiterlebt, obwohl doch die Kinder ihre Eltern überleben sollten. Sterben deine Eltern, stirbt die Vergangenheit. Stirbt dein Partner, stirbt deine Gegenwart. Stirbt dein Kind, stirbt deine Zukunft.

Oktober 2016

Am Montag nach der Beerdigung muss ich wieder in den Laden. In dieser ersten Woche begleitet mich meine Freundin, für den Fall, dass ich doch nicht mit den Kunden sprechen kann.

Erst denke ich, dass ich es nicht schaffen werde, doch dann merke ich, dass mir die Arbeit gut tut. Sie zwingt mich, ab und zu wenigstens für ein paar Minuten auszublenden, was passiert ist. Sie ist wie ein Geländer, an dem ich mich den Tag über entlanghangeln kann, um nicht in den Abgrund zu stürzen, der sich unter meinen Füßen auftut. Es kommen auch immer wieder Freunde vorbei, die mich über den Tag tragen.

Jürgen und Tassilo gehen auch wieder zur Arbeit, obwohl ihr Vorgesetzter bei uns war und gesagt hat, dass sie erst wiederkommen sollen, wenn es wirklich geht, egal wie lange es dauert. Ein toller Chef! Er rät uns auch, Hilfe in Form von Therapie und Selbsthilfegruppe in Anspruch zu nehmen. »Narben bleiben sowieso«, sagt er. »Bevor es aber wulstige Narben werden, solltet ihr euch Hilfe holen.« Er hat recht.

Wir müssen ins Wohnheim fahren, um Timos restliche Sachen abzuholen. Es ist die Hölle, alle Möbel, die wir gerade erst für ihn aufgebaut hatten, wieder abzubauen. Das Bett, sein Schulzeug, Klamotten und das Essen, das er sich gekauft hatte, als er noch lebte – alles muss weg. Als ich den Schlüssel bei der Vermieterin abgebe, kämpft sie mit den Tränen.

Abends setze ich mich an Timos PC und nehme Kontakt zu dem Gamer auf, an den Timo seinen letzten Satz gerichtet hat. Ich will wissen, warum er ausgerechnet ihm seine letzte Botschaft hinterlassen hat.

Er antwortet mir sofort, und als ich ihm schreibe, was passiert ist, ist er völlig schockiert. Aber er weiß selbst keine Antwort auf diese Frage. Er kannte Timo nur sehr oberflächlich, wusste nicht einmal, wie alt er war. Er versichert mir, dass Timo so etwas noch nie vorher geschrieben hat. Es muss ein schreckliches Gefühl sein, am anderen Ende der Welt zu sitzen und nichts tun zu können, wenn so etwas passiert. Vielleicht war er nur zufällig online, als Timo seinen Entschluss gefasst hat. Und vielleicht hat Timo diese Nachricht abgeschickt, um keinen Rückzieher mehr machen zu können. Damit sein Suizid festgeschrieben stand.

Jürgen merkt es gar nicht, wenn ich nachts aufstehe und weine. Ich würde mir so wünschen, dass er aufwacht und mich einfach mal kurz in den Arm nimmt, mit mir über Timo spricht. Es wird zusehends schwieriger zwischen uns, und wir haben beide nicht die Kraft dazu, unsere Beziehungsprobleme in den Griff zu bekommen. Es ist alles zu viel. Wir schaffen das nicht.

November 2016
Drei Wochen nach Timos Tod gehen wir zum ersten Mal

in eine Suizid-Selbsthilfegruppe, die AGUS (Angehörige um Suizid). Tassilo kommt auch mit. Als wir die Geschichten der anderen hören, kommen ihm die Tränen. Auch ich weine. Erzählen kann ich zu diesem Zeitpunkt noch nichts. Tassilo fährt früher weg und sagt dann zu Hause, dass er das nicht packt und dort nicht mehr hinmöchte. Das muss ich akzeptieren.

Jürgen und mir geht es nach dem ersten Mal auch nicht gut. Wir reden darüber, ob wir überhaupt nochmal hingehen sollten, oder ob uns solche Treffen eher runterziehen. Wir beschließen, es noch ein-, zweimal zu probieren und dann zu entscheiden.

Außerdem suchen wir uns einen Therapeuten. Er nimmt uns beide einzeln in Therapie. Es ist schrecklich. Er sagt nichts. Gar nichts. Am Anfang kann ich ja noch erzählen, was passiert ist. Er hört nur zu. Schweigt. Irgendwann bitte ich ihn für bestimmte Situationen konkret um Rat, doch er sagt, er sei nicht dazu da, um mir Tipps zu geben. Er empfiehlt mir, sechs bis acht Wochen in ein Kloster zu gehen, um zu trauern. So ein Schwachsinn. Ich kann mein Geschäft nicht so lange geschlossen lassen. Außerdem verdränge ich ja nichts. Ich lasse jedes Mal die Trauer mit voller Wucht zu.

Ich will keine Nähe mehr. In den Arm nehmen, trösten, das ist mir alles zu viel. Ich will allein sein, nur mit meinem Hund. Jürgen wiederum braucht die Nähe und den Trost, ich kann sie ihm aber nicht geben. Alles, was wir sagen, bekommt der andere in den falschen Hals. Wir hören auf, miteinander zu reden. Der Therapeut fängt auch noch an, uns gegeneinander auszuspielen, so dass unsere Beziehung noch schwieriger wird. Mehrere Leute raten uns dazu, zu wechseln. Es ist wohl gar nicht zulässig, dass er uns beide in Therapie genommen hat. Ein Arzt aus unserem Dorf, der Psychiater im Klinikum war, verspricht, uns jedem einen Platz bei einem anderen Therapeuten zu beschaffen.

Es geht mir weiterhin sehr schlecht. Eigentlich funktioniere ich nur noch. Ich arbeite den ganzen Tag und breche dann abends, wenn ich ins Auto steige, zusammen.

Ein Schulfreund von Timo, der bei der Feuerwehr ist, kommt uns eines Tages besuchen. Martin ist kreidebleich. Er war dabei, als Timo gefunden wurde. Wir umarmen uns, dann setzt er sich zu uns. »Als klar war, dass es sich um einen Schienensuizid handelte, wollte die Feuerwehr die jungen Leute weghalten«, erzählt er. »Aber ich habe Timos hellblaue Jacke gesehen und wusste sofort, wer dort lag. In diesem Moment konnte ich nichts anderes tun, als loszurennen.« Er starrt mich mit weit aufgerissenen Augen an und schüttelt den Kopf. »Sie konnten mich nicht mehr aufhalten. Dann ...« Er verstummt und streicht sich über das Gesicht. Er holt tief Luft, dann flüstert er fast unhörbar: »Ich bin über seinen Kopf gestolpert. Er lag in den Brombeeren neben dem Gleis.«

Das Entsetzen lähmt uns. Martin tut mir unglaublich leid. Er wird dieses Bild sicher sein Leben lang nie wieder vergessen können. Wie konnte Timo das seinem Freund nur antun?

Dezember 2016

Weihnachten schleicht sich unaufhörlich näher und feixt. Das Familienfest, das vor Harmonie und heiler Welt nur so trieft. Ich habe es bisher wegen der Kinder zelebriert.

Jedes Jahr haben Jürgen und Timo zusammen Plätzchen gebacken, und ich habe mit ihm den Christbaum geschmückt. Jetzt ist Weihnachten tot, mein Kind ist tot, ich brauche kein Weihnachten mehr. Allein kann ich diesen Abend aber auch nicht aushalten. Ich bitte meine Mama, zum Essen zu kommen. Aber ohne zu feiern, einfach so.

Am Vierundzwanzigsten bringe ich Timo am Vormittag ein Christkindlein auf den Friedhof. Ich gehe nicht gern dorthin. Der Tod ist dort so greifbar und endgültig, hockt hinter jedem Grabstein und starrt mich an.

Vor der Urnensäule stehen jede Menge neue Kerzen, zwei frische Gestecke liegen auch dort. Schön, dass so viele Menschen Timo geliebt haben. Unsere Dogge Jayse legt sich genau vor Timos Kreuz. Als würde sie ahnen, wo wir sind. Als würde sie ihn spüren.

Als ich später daheim das verpixelte Bild ansehe, auf dem Timo so herzlich lacht, denke ich daran, dass ich ihn nie wieder sehen und hören werde. Ich weine still vor mich hin. Jürgen setzt sich zu mir und will mich trösten, doch mit meinem Geheule ziehe ich ihn nur mit runter. Jetzt geht es ihm auch wieder dreckig, und das macht mir zusätzlich ein schlechtes Gewissen. Ich bräuchte ihn eher als Fels in der Brandung, der mich hält und aufrichtet.

Ich raffe mich wieder vom Sofa auf und wünsche Timos besten Freunden schöne Weihnachten. Sie sollen wissen, dass ich an sie denke und dass ich ihnen dankbar dafür bin, dass sie immer für Timo da waren. Seine Freundin Lea schickt mir per WhatsApp ein Video von ihm. Das ist mein schönstes Weihnachtsgeschenk. Durch Tränenschleier hindurch sehe ich Timos Bewegungen und lächle, als mein kleiner Rockabilly seine linke Augenbraue hochzieht. Ich sehe mir das Video immer wieder an, halte mich an meinem Handy fest und höre alle seine Sprachnachrichten, bis ich das Gefühl habe, er ist wieder da.

Ich schaue mir auch immer wieder die Fotos an, auf denen Timo im Sarg liegt. Ich habe meine Mutter gebeten, sie mir zu schicken. Im Bestattungsinstitut dachte ich noch, sie würde spinnen, als sie ihn fotografiert hat. Jetzt bin ich froh darüber. Jedes Mal, wenn ich nicht realisieren will, dass mein Kind tot ist, sehe ich mir diese Fotos an. Oder auch, wenn ich denke, dass er Angst hatte. Ich sehe dann, wie friedlich er da liegt, mit seinem Schmunzeln im Gesicht, und bilde mir ein zu wissen, dass es ihm jetzt gut geht.

Bisher kam an Weihnachten immer die ganze Familie zu Besuch, und ich machte panierte Schnitzel mit Kartoffelsalat. Aber jetzt ist mir nicht nach Feiern zumute. Jürgen kocht irgendetwas anderes. Mir ist egal, was. Es gibt keinen Baum, keine Plätzchen und auch keine Deko.

Am Abend geht es mir trotzdem relativ gut. Wir essen, reden, lenken uns gegenseitig ab. Erst als meine Mutter das Haus verlässt, breche ich wieder ein. Gott sei Dank ist Tassilo noch eine Weile da. Er hat seine Albernheit und seine Späßchen wiedergewonnen und ist der Einzige, der mich so richtig zum Lachen bringen kann. Manchmal bin ich froh darüber, aber manchmal schockiert es mich auch. Er schafft es, so lustig zu sein, obwohl sein Bruder erst seit kurzem tot ist.

Es ist schwer, damit umzugehen, dass jeder von uns Timos Suizid auf so unterschiedliche Weise verarbeitet. Ich kann und will meine Verzweiflung nicht für mich behalten, suche immer wieder die Konfrontation mit der Qual, lasse meine Gefühle ungefiltert aus mir herausbrechen. Jürgen steht diesem Gebirge aus Schmerz hilflos gegenüber. Und Tassilo schiebt Timos Tod einfach auf die Seite und macht weiter Faxen. Wahrscheinlich würde es ihn komplett lahmlegen, wenn er sich damit auseinandersetzen würde. Dann könnte er nicht so weiterleben wie jetzt, nicht mehr die Dinge tun, die ihm Spaß machen. Wir tragen alle drei das gleiche Schicksal, aber jeder von uns sitzt allein in seiner eigenen Trauerblase.

Am ersten Weihnachtsfeiertag stehe ich um halb neun auf, trinke Kaffee und zocke am PC. Was soll ich sonst auch tun? Jürgen steht draußen in seiner Außenküche und kocht. Seine Eltern kommen später zum Essen. Ich hoffe, dass ich mich diesmal im Griff habe und nicht schon wieder zusammenbreche. Im Radio läuft gerade wieder *Volbeat*, das erinnert mich immer an das Konzert, auf dem ich mit Timo war. Ich kann es nicht mehr ohne Tränen hören. Abends schaffe ich es, mich zusammenzunehmen, auch wenn es mich alle Kraft kostet, die ich aufbringen kann.

Am zweiten Weihnachtsfeiertag gehen wir mit meiner Mutter und meiner Tante zum Essen. Timo hätte sich garantiert ein Cordon Bleu mit Spätzle und Soße bestellt. Das war sein Lieblingsessen.

Während ich draußen beim Rauchen bin, packen die beiden Damen ihre Essensreste in Tupperdosen. Jürgen ist das peinlich. Es wäre eigentlich zum Lachen, aber als Jürgen mir ganz aufgebracht davon erzählt, bin ich sofort angeschlagen und die Tränen quellen schon wieder wie von selbst aus meinen Augen. Ich halte keinerlei Belastungen mehr stand. Ein winziger Tropfen, und das Fass läuft sofort über. Mir ist alles zu viel. Auch als mich die Nachbarin fragt, wie es mir geht, fange ich sofort wieder an zu weinen.

Am Abend mache ich Jürgen Vorwürfe, dass seine Wandlung nicht lange anhält. Dass er wieder wird, wie er war, und sich über jeden Scheiß aufregt. Schon haben wir Streit. Tassilo liegt nebenan im Wohnzimmer und hört alles mit an. Das merke ich aber erst, als er aufsteht und wortlos nach oben geht. Nun habe ich ihn auch noch vertrieben. Immer war ich diejenige, die den anderen trotz meiner eigenen Probleme den Rücken freigehalten hat und alles dafür getan hat, dass es jedem gut geht. Dazu habe ich nicht mehr die Kraft. Ich erkenne mich selbst nicht wieder, bin nur noch eine Belastung für andere.

Ich habe mir vorgenommen, den ganzen Weihnachtsurlaub jeden Tag zu irgendwelchen Leuten zu fahren oder jemanden einzuladen, damit ich in den zwei Wochen ohne Arbeit nicht in ein Loch falle. Ich habe keinen Bock auf nichts. Es ist furchtbar anstrengend, wenn man sich zu allem anschieben muss. Die Trauer frisst meine gesamte Energie und ist so kräftezehrend wie ein Zwölf-Stunden-Job. Nur, dass ich ja noch zusätzlich den Alltag bewältigen muss. Meine Lebensfreude ist gemeinsam mit dem Ende von Timos Leben erloschen. Ich bin antriebslos. Kraftlos. Immer unruhig. Das sind meine ständigen Begleiter.

Am 28. Dezember fahren wir mit unseren Patenkindern ins Nautila-Bad. Morgens habe ich überhaupt keine Lust dazu. Mir geht immer wieder durch den Kopf, wie gerne Timo mit uns zum Baden gegangen ist, dass wir das aber so gut wie nie mit ihm gemacht haben. Ich habe ein schlechtes Gewissen. Ich habe so viel verpasst, hätte viel mehr mit meinen Kindern unternehmen, spielen und Zeit verbringen sollen. Jürgen sagt, dass er auch mit den Kids allein fahren würde, aber ich habe es versprochen und will mein Wort halten.

Der Ausflug lenkt mich ab, aber zwischendurch denke ich immer und immer wieder an Timo. Wie er als Kind am Anfang Angst vor dem Rutschen hatte und dann gar nicht mehr aufhören wollte. Oder wie peinlich es ihm war, als wir im Schwimmbad-Restaurant etwas gegessen haben, und die Kassiererin aus ihrem Häuschen heraussprang, um meine Tattoos anzuschauen. Was hätte Timo jetzt wohl für einen Spaß, wenn er dabei wäre?

Am Abend posten andere Eltern in einer Facebook-Gruppe für Suizid-Angehörige, dass sich der Tod ihres Kindes jährt. Bei der einen Mutter ist es ein Jahr her, bei der anderen zwei Jahre. Sie sind alle so erschüttert, verzweifelt und traurig. Auch nach so langer Zeit noch. Ich habe Angst, dass diese Gefühle nie mehr weggehen. Ich wünsche mir so sehr, dass ich mal einen Tag ohne Heulen schaffe, aber im Moment geht das noch nicht.

Der Zug da draußen macht mich wahnsinnig. Ich höre alle halbe Stunde, wie er vorbeifährt. Dann habe ich vor Augen, wie Timo sich dort hinlegt und wartet, bis er kommt. Die Räder sind so laut und brutal. Wie konnte er einfach dort liegenbleiben?

Am nächsten Tag in der Selbsthilfegruppe sind über zwanzig Leute da. Es ist erschreckend, wie viele Eltern so etwas mitmachen müssen. Dennoch macht es uns Mut, dass wir mit der ganzen Scheiße nicht allein dastehen.

Ich merke, dass ich gegenüber denjenigen, bei denen der Tod ihres Kindes noch frischer ist als bei uns, mit meiner Trauer schon ein Stück weiter bin. Ich kann sogar das erste Mal etwas sagen. Es tut gut, dass mich die anderen verstehen. Hier muss ich mich nicht verstecken und zusammennehmen. Hier bin ich inmitten von Menschen, die das gleiche fühlen wie ich. Hier kann ich weinen, ohne dass mich jemand schief anschaut, aber auch lachen, ohne ein schlechtes Gewissen dabei zu haben.

Trotzdem schlafe ich danach sehr schlecht, liege ewig wach. In solchen Momenten fällt mir oft ein, wie Timo immer gesagt hat: *Ich kann nicht schlafen.*

Um drei Uhr klingelt der Wecker, weil ich meiner Mutter versprochen habe, mit ihr nach Bonn zu fahren, um eine Katze anzuschauen. Sie nimmt die Mieze auch gleich mit. Ich glaube, es tut ihr gut, dass sie jetzt eine Aufgabe hat.

Kaum sind wir zu Hause, kommen noch Freunde vorbei. Außerdem hat sich eine Menge Arbeit aufgetürmt: waschen, putzen, aufräumen. Heute habe ich nicht viel Zeit zum Trauern.

Auch an Silvester stürze ich mich den ganzen Tag in Arbeit, weil ich so ruhelos bin. Ich räume das Haus auf und wienere die Böden. Der Installateur repariert die Spülmaschine. Am Abend fahren Jürgen und ich zur Silvesterparty ins Clubhaus. Er ist zwar kein Member mehr, aber wir haben Freunde dort und kommen ab und zu als Gäste. Ich habe mich sehr darauf gefreut, die ganzen Leute zu sehen, aber sie reden fast nur über Club-Angelegenheiten, zu denen wir nicht viel sagen können. Wir gehören nicht mehr dazu. Es ist alles anders, als es früher war.

Januar 2017

An Neujahr fährt Tassilo zu seinen Freunden. Er wird dort auch seinen Geburtstag verbringen. Ich habe jetzt immer Angst, wenn er so weit weg ist. Am liebsten hätte ich ihn vierundzwanzig Stunden um mich, aber das kann ich nicht von ihm verlangen. Ich sage ihm, er soll vorsichtig fahren und mir kurz Bescheid geben, wenn er gut angekommen ist.

Als Geschenk habe ich Tassilo Karten für den MMA-Boxkampf gekauft. Ich freue mich schon darauf, hoffentlich überstehe ich ihn, ohne zu weinen. Ursprünglich wollte ich mit Timo zu seinem 18. Geburtstag dort hingehen. Ich versuche, mit Tassilo darüber zu sprechen, doch er wechselt sofort das Thema. Es macht mir Angst, dass er so gut wie gar nicht mit mir über Timo reden will. Er wirkt so, als sei er der Stärkste von uns allen. Aber ich glaube, er macht sich insgeheim große Vorwürfe, weil er Timo nicht mehr helfen konnte, und auch, weil er mir von dem Vorfall damals nichts erzählt hat. Ich bin fest davon überzeugt, dass er Timo gegenüber alles richtig gemacht hat. Leider kann ich ihm das nicht sagen, weil er sofort abblockt und sich zurückzieht. Ich habe panische Angst davor, dass sich Tassilo auch noch etwas antut. Und schon wieder muss ich losheulen. Das ewige Geheule kotzt mich an, aber ich kann es nicht zurückhalten. Wenn es kommt, dann kommt es.

Manchmal habe ich ganz derbe Gedanken. Dann kommt mir einfach in den Kopf, dass es doch alles nicht so schlimm ist. Dass Timo ja vorher auch nicht viel Zeit mit uns verbracht hat. Dass sich eigentlich nicht viel an unserem Alltag verändert hat. Sofort dreht mir glühend heiße Scham den Magen um. Wie kann ich nur so etwas denken? Ist das ein Selbstschutz meines Gehirns?

Im Grunde ist Timo, seit er tot ist, gegenwärtiger als zu seinen Lebzeiten. Mein erster Gedanke beim Aufwachen und mein letzter Gedanke beim Einschlafen gelten ihm. Je länger er nicht mehr hier ist, desto mehr merke ich, wie präsent er war, obwohl er viel allein gemacht hat und oft in seinem Zimmer saß. Sein Lächeln, seine Späße und auch die schlechtgelaunte Visage, die er manchmal gezogen hat, fehlen.

Als es dunkel wird, gehe ich mit Jayse raus. Da leuchtet dieser Stern wieder ganz hell, der mich begleitet, seit Timo tot ist. Ich hoffe, dass er dieser Stern ist und über mich wacht.

Am nächsten Vormittag ist Jürgen beim Therapeuten, währenddessen erledige ich die Post. Ablenkung. Nachmittags fahren wir zu den Schwiegereltern, Ablenkung. Nach Hause, putzen, wieder Ablenkung. Ohne würde ich es nicht schaffen. Ich hangle mich von Stunde zu Stunde durch den Tag. Abends fahren wir zu einer Freundin zum Essen. Gott sei Dank, dann kommen wir wieder raus. Wir lachen viel, aber wir reden auch über Timos Suizid. Es tut gut, die Geschichte immer und immer wieder zu erzählen. Es fühlt sich jedes Mal an, als würde ich hundert Gramm Ballast abwerfen.

Kaum bin ich allein, rast die Achterbahn der Erinnerungen wieder los. Ich liege in der Badewanne, da fällt mir ein, dass ich Timo so wie früher schreiben könnte: *Kannst nei!* Oder würde ich ihm gleich das Bild der Badewanne schicken? An seinem letzten Abend zu Hause ist er auch noch in die Wanne gegangen. Dann kommt mir in den Kopf, was er für einen perfekten Körperbau hatte, ein breites Kreuz, muskulös. Und doch war er so unglücklich. Er hatte alles, was ein Mensch braucht: Familie, Freunde, Werte, Anstand, ein gewisses Maß an Wohlstand, ein gutes Aussehen. Trotzdem war er nicht glücklich. Ich kann es einfach nicht verstehen. Warum nehmen Menschen sich das Leben, die eigentlich alles haben? Was hat Timo gefehlt? Wo habe ich versagt?

Später stehe ich im Wohnzimmer und merke, dass ich instinktiv immer noch darauf warte, dass der Stuhl oben in Timos Zimmer hin und her rollt, oder dass sein Bass zu laut wummert. Früher hat mich das genervt. Heute wäre ich so unglaublich froh, wenn nur dieser verdammte Stuhl hin und her rollen würde. Doch da ist nichts mehr. Nur Stille.

Es ist so schwer, ohne Timo weiterzuleben. Ich möchte laut schreien, mit dem Kopf gegen die Wand rennen, den Stuhl aus dem Fenster werfen. Ich sitze aber nur stumm da, gefangen in der Trauerblase, die mich umhüllt, vom Leben abtrennt und alle Energie aus mir heraussaugt.

Mein Gott Kind, es hatte sich doch alles zum Guten gewendet. Warum musste das sein? Ich schaue rüber zum Bahndamm und habe plötzlich ein starkes Bedürfnis, mit Timo zu kommunizieren. Er hat mir zwar keinen Brief geschrieben, aber *ich* kann ihm schreiben.

BRIEF AN TIMO

Mein lieber Timi-Hase,

Du fehlst mir so sehr. Dein Lachen. Dein Humor. Du ... Ich hasse dieses Leben ohne Dich. Siebzehn Jahre lang habe ich Dich großgezogen und geliebt. Wofür? Ich musste so viel kämpfen, damit wir heute dort sind, wo wir sind. Und es war alles umsonst.

Aus Dir wäre der Physiker geworden, der Du sein wolltest. Ich hätte gerne Dein Durchhaltevermögen gehabt. Du warst so klug und ehrgeizig. Ich war unglaublich stolz auf Dich, schon fast neidisch, dass Du so intelligent warst. Du hättest das geschafft. Wenn nicht, wäre es auch egal gewesen.

Ich kann einfach nicht verstehen, dass Du lieber diesen dunklen Weg gewählt hast, als zu mir zu kommen, um Deiner Mama zu erzählen, wie schlecht es Dir geht. Du hast mir doch sonst auch vieles anvertraut. Du hättest mich damit nicht belastet. Dass Du nicht mehr da bist, belastet mich viel mehr. Ich will Dich in den Arm nehmen und Dir sagen, dass doch alles gut ist und es nichts gibt, was wir nicht gemeinsam bewältigen können.

Dein Tod hat mein ganzes Leben ruiniert. Warum hast Du mich verlassen? War es auch Rache? Weil ich nicht gemerkt habe, wie schlecht es Dir ging? Weil ich mich zu wenig auf Deine Seite gestellt habe? Hast Du Dich deshalb verlassen und allein gefühlt? Ich werde diese Schuldgefühle einfach nicht los. Was habe ich in meinem Leben verbrochen, dass ich so etwas durchstehen muss? Hoffentlich kommt irgendwann mal ein Funken Lebensfreude zurück.

Ich weiß, Du willst, dass ich glücklich bin. Ich habe aber Angst, dass ich das ohne Dich nicht mehr sein kann, und dieser Zustand ewig anhält. Wenn Du jetzt sehen könntest, wie elend es mir geht, würdest Du Deinen Suizid bestimmt rückgängig machen wollen. Oder Du würdest es gar nicht erst tun. Wobei es ganz schön egoistisch von mir ist, das zu denken. Hätte ich das Recht gehabt, darauf zu bestehen, dass Du weiterlebst, nur damit es mir selbst besser geht?

Ich weiß, dass Du mich über alles geliebt hast. Mir ist auch klar, dass Jürgen und ich es nicht hätten wissen können. Dass niemand damit rechnen konnte, dass Du Dir das Leben nehmen würdest. Aber die Schuld hört nicht auf meinen Verstand. Sie befällt mich ganz und gar.

Ich schaue gerade rüber auf die Gleise und frage mich: Wo hast Du gelegen? An wen hast Du in Deiner letzten Minute gedacht, als Du das Vibrieren des Zuges gespürt hast? Ich wünsche mir, dass Du an mich gedacht hast.

Hast Du Dir vorher mal überlegt, was aus uns wird? Wie wir das verkraften? Das war nicht fair von Dir. Ja, es war egoistisch von Dir, dass Du diesen Weg gewählt hast. Du hast einen Scherbenhaufen hinterlassen. Egal für wen, ob für Tassilo, Jürgen, Omi, Deine Freunde oder für mich. Dein leiblicher Vater wird ebenfalls sein Päckchen zu tragen haben. Du hattest ein Herz für alle anderen Menschen und wolltest hier auf Erden nie jemanden verletzen. Aber durch Deinen Tod hast Du uns allen furchtbar wehgetan. Hättest Du das auch gemacht, wenn Du gewusst hättest, was Du uns damit antust?

Scheißegal, was aus Deinem Leben geworden wäre, so hätte es nicht enden müssen. Ich würde alles dafür tun, damit Du wieder da wärst. Hauptsache, ich könnte alles wieder gut machen. Warum musste unser Leben so aus den Fugen geraten? Mein Gott, vermisse ich Dich. Bitte gib mir jetzt wenigstens die Kraft und die Stärke, das alles durchzustehen. Ich bin im Moment so hilflos, wie in Ohnmacht. Wenn Du kannst, dann hilf mir bitte. Lass mich doch aus diesem Horroralptraum endlich aufwachen. Ich liebe Dich so sehr, und immer, wenn ich das schreibe, fällt mir ein, wie Du zurückschreibst: *Mama, wenn Du mich liebhast, dann hol mich von der Schule runter!* Das habe ich doch auch getan, und trotzdem hast Du Dir das Leben genommen! Warum nur, Warum?

Ich würde Dich so oft brauchen. Ja, ich weiß schon, Du hättest mich auch oft gebraucht, aber ich war nicht da. Hatte keine Zeit für Dich. Ich war keine gute Mama. Wäre es besser für Tassilo und Dich gewesen, ich hätte Euch nie bekommen?

Gibt es nicht doch irgendeine Möglichkeit, das alles mit Dir zu klären? Soll ich zu einem Medium gehen und ausprobieren, ob es mit Dir sprechen kann? Oder kannst Du mir nicht in meinen Träumen begegnen und mir wenigstens darin Antworten geben? Und schon läuft wieder unser Lied im Radio. Komisch. Es kommt immer dann, wenn ich an Dich denke. Ist das ein Zeichen?

Bitte beschütze mir meinen Tassilo, er ist die einzige Freude in meinem Leben. Nicht auszudenken, wenn ihm auch noch etwas passieren würde. Pass bitte auf ihn auf, ich brauche ihn so sehr.

Ich kann Dich zwar nicht mehr sehen und spüren, aber riechen kann ich Dich noch, in Deinem Zimmer. Manchmal kommt mir auch der Duft Deiner Mütze einfach in die Nase. Hoffentlich vergeht Dein Geruch nie. Und hoffentlich geht es Dir da, wo Du jetzt bist, besser.

Jeden Abend, wenn ich von der Arbeit nach Hause fahre, suche ich Deinen Stern. Ich sehe ihn seit ein paar Tagen nicht mehr. Bist Du nicht mehr da? Bitte gib mir ab und zu mal ein Zeichen, dass Du noch bei mir bist. Vielleicht fühle ich mich dann nicht mehr ganz so allein.

Ich liebe Dich, Deine Mama.

BOTSCHAFT AUS DEM JENSEITS

Mitte Januar gehe ich zu einer Frau, die Blockaden löst. Dachte ich zumindest. Eine Freundin hat den Termin für mich ausgemacht.

Ich klingle an einer Privatwohnung und eine blonde Frau öffnet. Sie ist etwas größer als ich und bittet mich herein. »Ihre Freundin teilte mir mit, dass es Ihnen nicht gut geht«, sagt sie gleich.

»Ich habe meinen Sohn verloren«, setze ich zu einer Erklärung an, doch sie nickt und unterbricht mich. »Das weiß ich schon. Er ist auch hier. Schon den ganzen Tag.«

»Was?« Ich trete einen Schritt zurück. Darauf bin ich nicht vorbereitet. Ich glaube nicht an esoterisches Zeug. Hätte meine Freundin mir gesagt, um was es hier wirklich geht, wäre ich gar nicht gekommen. Ich zögere. Soll ich wieder gehen?

Die Frau merkt mir meine Zweifel und den Schrecken an. Sie lächelt und bittet mich in ein gemütliches Zimmer mit einem Stuhl und einem Sofa. Auf dem Tisch steht ein Glas Wasser und daneben liegt ein frisches Taschentuch.

Jetzt siegt die Neugier. Was, wenn Timo tatsächlich hier ist? Ich blicke mich um, aber natürlich sehe ich nichts.

Sie erzählt mir, wie Timo aussieht. Das ist alles noch sehr allgemein. Braune Haare und so. Aber als sie sagt, dass er eine ganz helle Jeans trägt, die nicht blau ist, stutze ich. Seine Lieblingshose war tatsächlich eine hellgraue, ausgewaschene Jeans. Und er trug sie an dem Abend, als er auf die Gleise ging.

»Er ist nicht allein«, sagt sie dann und beschreibt mir das Aussehen meiner Oma. »Und er ist keines natürlichen Todes gestorben. Ich sehe Schienen.«

Das kann nicht sein! Hat ihr das vielleicht alles meine Freundin erzählt, um mich mit diesem angeblichen Kontakt zu Timo zu trösten? Ich bin hin und her gerissen zwischen Wut, Angst, Neugier und Hoffnung.

Als sie sagt: »Haben Sie noch Fragen an Timo?«, kann ich nicht widerstehen.

Ich presse meine Hände fest zusammen und formuliere die Frage aller Fragen: »Ich will wissen, ob er uns Vorwürfe macht.«

Sie schließt die Augen, wartet kurz, so als würde sie ihm zuhören. Dann schüttelt sie den Kopf und lächelt. »Nein, macht er nicht.«

Einerseits bin ich erleichtert, und natürlich will ich daran glauben, dass es ihm jetzt gut geht und er uns nichts nachträgt. Andererseits erscheint es mir völlig irre, dass er hier mit uns im Zimmer sein soll und diese Frau Kontakt zu ihm hat. Warum kann ich ihn dann nicht sehen und hören? Ich müsste doch eine viel engere Bindung zu ihm haben als eine Fremde.

In meine Gedanken hinein sagt sie: »Er macht Ihnen wirklich keine Vorwürfe. Sonst hätte er Ihnen doch nicht die Marienkäfer geschickt.«

Für einen kurzen Moment dreht sich alles um mich herum. Das gibt es nicht. Als Timo noch nicht einmal beerdigt war, gingen Jürgen und ich mit dem Hund im Wald spazieren. Ich sah einen Marienkäfer bei ihm auf der Backe sitzen. Süß, dachte ich, und merkte plötzlich, dass wir beide komplett übersät damit waren. Wir sahen nach oben, und da flogen tausende Marienkäfer. Ich laufe diese Strecke seit zwanzig Jahren, aber so etwas habe ich noch nie erlebt. Wir wollten damals einfach glauben, dass Timo uns die Glückskäfer geschickt hat, aber wir haben nie irgendjemandem davon erzählt. Auch nicht meiner Freundin. Das konnte die Frau nicht wissen!

Ich bin noch eine Stunde bei ihr. Sie sagt mir verschiedene Sachen, aber ich kann mich später an nichts mehr erinnern. Ich bin völlig weggebeamt, kann nichts mehr aufnehmen. Ich weiß nicht mal mehr, wie ich nach Hause gekommen bin.

Hinterher frage ich meine Freundin, ob sie wusste, dass das ein Medium war, doch sie grinst mich nur an. Sie weiß genau, dass ich nie dorthin gegangen wäre, wenn ich das vorher gewusst hätte. Sie schwört aber, dass sie der Frau keine Details über Timo und seinen Suizid erzählt hat.

Was soll ich davon halten? War Timo wirklich da? Stimmt es, dass es ihm gut geht und dass er uns keine Vorwürfe macht? Ich möchte so gerne daran glauben.

Früher war ich davon überzeugt, dass nach dem Tod nichts mehr kommt. Dass dann alles vorbei ist. Das ist seit Timos Tod anders. Ich spüre ihn ständig. Und ich bin sicher, dass ich ihm eines Tages wieder begegnen werde.

Februar 2017

Wir gehen mit Tassilo auf den MMA-Kampf. Ich denke dabei nicht sehr viel an Timo, wahrscheinlich weil es so aufregend ist, und natürlich, weil Tassilo dabei ist. Auch als ich mir auf dem Heimweg vorstelle, wie Timo der Boxkampf wohl gefallen hätte, muss ich nicht weinen.

Lea kommt zu Besuch. Schade, dass Timo sie mir nie vorgestellt hat. Was für ein hübsches und sympathisches Mädchen. Ich kann verstehen, warum Timo in sie verliebt war. Er wäre gerne richtig mit ihr zusammen gewesen, und sie hatten wohl auch etwas miteinander, aber sie wollte nur eine Freundschaft. Erst ist sie gefasst, doch als wir in Timos Zimmer sind, beginnt sie in ganz kleinen Schluchzern zu weinen, die immer lauter und länger werden. Wir sitzen auf dem Bett und ich lege den Arm um ihre Schultern. Die beiden hatten Streit, aber nie im Leben hätte sie damit gerechnet, dass er sich deswegen etwas antun würde, wiederholt sie immer wieder und schüttelt ungläubig den Kopf dazu.

Lea tut mir furchtbar leid. Sie ist noch so jung und muss jetzt eine derart schwere Bürde tragen. Es war nicht fair von Timo, sich einfach aus dem Staub zu machen, bevor er diesen Streit geklärt hat. Alle, die ihn geliebt haben, machen sich nun schreckliche Vorwürfe. War das seine Absicht? Nein, das glaube ich nicht. So ein Mensch war er nicht. Ich versuche, Lea zu beruhigen und sage ihr, dass es viele Gründe gab, warum Timo unglücklich war. Dass sie keine Schuld hat. Dass Timo krank war, Depressionen hatte. Es ist, als würde ich die Wörter auch zu mir selbst sagen: Keiner hat Schuld. Aber ich weiß auch, wie schwer es ist, davon wirklich überzeugt zu sein.

Wir gehen bald wieder nach unten, weil wir es nicht lange in Timos Zimmer aushalten. Sie bleibt noch eine Zeit lang bei mir und sagt: »Gib mir Bescheid, wenn ich dir irgendwie helfen kann.«

Tatsächlich hilft sie mir schon bald enorm. Die Polizei konnte Timos Handys nicht entsperren, weil er einen

Wisch-Code hatte. Als ich sie zurückbekomme, gebe ich sie Lea. Sie kennt jemanden, der die Handys innerhalb von zwei Stunden öffnet.

Jetzt habe ich Timos Bilder und seine Musik. Ein kleiner Teil von ihm ist zurück. Natürlich schaue ich auch in die Chatverläufe und höre mir einige Sprachnachrichten an. Es ist schön, seine Stimme zu hören. Aber plötzlich sagt er zu einem Freund, dass seine Mutter gar nicht merkt, wie schlecht es ihm geht. Damit bin ich gemeint. In mir zieht sich alles zusammen. Hat er das wirklich von mir gedacht?

Die Schuld lodert auf. Sie fühlt sich an, als würde ein Messer in meinen Eingeweiden stecken. An manchen Tagen tut es nur weh, aber manchmal dreht noch jemand daran herum, sodass die Klinge in der offenen Wunde hin und her schneidet. So wie jetzt.

Ich starre auf das Handy und will ihm antworten, dass ich sehr wohl gemerkt habe, dass es ihm nicht gut ging. Deshalb habe ich auch eingewilligt, dass er die Schule abbricht und wieder nach Hause kommt. Es tut mir unfassbar leid, dass ich nicht gemerkt habe, *wie* dreckig es ihm wirklich ging, und dass ich seine Probleme nicht ernst genommen habe. Hoffentlich hat er mir das verziehen, bevor er gegangen ist.

Timos Hilfeschreie durch die Blume habe ich nicht verstanden. Warum hat er es mir nicht deutlicher gesagt oder mal geweint, damit ich es hätte merken können? Er hätte einfach kommen können, und sagen: *Mama, ich kann nicht mehr. Ich bin krank, habe Depressionen und Suizidgedanken.* Ich hätte alle Hebel in Bewegung gesetzt, um ihm zu helfen. Hätte ich geahnt, wie es wirklich in ihm aussieht, hätte ich ihn sofort von der Schule genommen, nicht erst nach zwei Wochen.

Hätte, hätte, hätte … Ich habe es aber nicht getan. Es ist völlig sinnlos, die Schuldfrage hin und her zu schieben. Wer wann was hätte anders oder besser machen können. Das macht alles nur noch schlimmer.

Am Montag beginnt die Gerichtsverhandlung eines Freundes, auf den zweimal geschossen wurde. Wir sind sehr gut mit der Familie befreundet und Timo hat die Geschichte damals mitbekommen. In einer Woche muss ich in dem Prozess aussagen, mir graut schon davor. Am besten ich nehme Jürgen mit. Ich bin jetzt schon ein nervliches Wrack.

Als ich meine Aussage machen muss, zittere ich trotz Valium. Der Richter fragt mich, wie alt ich bin, und wie immer muss ich kurz überlegen. Als ich antworte: »Achtunddreißig«, schiebt er die Brille auf dem Nasenrücken zurecht und runzelt die Stirn. »Sind Sie sicher? Sie sehen wesentlich älter aus.«

Bähm! Die nächste Klatsche. Normalerweise würde ich mir sowas nicht gefallen lassen, würde von meinem Stuhl aufstehen und ihm eine schlagfertige Antwort hinknallen. Aber ich bin nicht in der Lage, mich zu wehren. Sitze sprachlos da und ertrage auch das. Diese Unverschämtheit rumort die ganze Nacht in mir, und am nächsten Tag schreibe ich ihm einen Brief:

Sehr geehrter Herr Richter,
ich bin diejenige, die gestern eine Zeugenaussage machen musste. Ich weiß nicht, ob Sie sich noch daran erinnern, ich werde diesen Moment jedoch nicht so schnell vergessen

können. Als Sie mich nach meinem Alter fragten, und ich kurz überlegen musste, sagten Sie zu mir: »Sind Sie sicher, dass Sie 38 Jahre alt sind? Sie sehen wesentlich älter aus.« Dieser Satz hat mich derart verletzt, und ich fand ihn sehr respektlos von Ihnen. Wäre ich in einem normalen Zustand gewesen, hätte ich Ihnen dazu auch meine Meinung gesagt. Aber Sie müssen wissen, dass ich im Oktober meinen 17-jährigen Sohn durch Suizid verloren habe. Seither bin ich sowieso nicht mehr belastbar. Und diese Zeugenaussage zu machen, war alles andere als einfach. Zu alldem kam dann noch Ihr Satz dazu.

Ich schreibe Ihnen nur, um mir den Druck zu nehmen und Sie darauf hinzuweisen, dass jemand älter aussieht, als er in Wirklichkeit ist, weil er einen schlimmen Schicksalsschlag erlitten hat. Das hinterlässt auch Spuren im Gesicht. Denken Sie bitte an mich, wenn Ihnen das nächste Mal jemand gegenübersitzt und Sie diesen Eindruck haben. So etwas sagt man nicht, sondern denkt es nur. Sie wissen nicht, was Ihr Gegenüber hinter sich hat.

Schade, dass Sie keine Entschuldigung ausgesprochen haben. Ich wünsche Ihnen trotzdem eine schöne Zeit und alles Gute weiterhin.

Mit freundlichen Grüßen, Metzeler Pamela

Tassilo liegt seit gestern krank im Bett, er hat solche Bauchschmerzen und nichts hilft. Er tut mir so leid, hoffentlich geht's ihm bald besser. Ich mache mir Sorgen um ihn, weil er immer noch nicht über Timo reden will. Ich frage ihn, ob er da oben nicht recht einsam ist. Er meint nur »nö« und bricht das Gespräch gleich wieder ab.

Ich suche händeringend nach einer Trauerbegleitung und finde keine.

Immerhin habe ich endlich einen Termin bei dem neuen Therapeuten. Vielleicht kann er mir helfen. Er meint, ich muss nicht antriebsvoll sein. Ich darf traurig zu Hause sitzen und nicht raus wollen. Das ist eine große Erleichterung für mich. Er sagt auch, dass es für Jürgen ratsam wäre, in eine Kur zu gehen. Aber damit wird er auf Granit beißen.

Wir gehen mit Tassilo driften. Das ist das erste Mal, dass ich mich ein wenig auf etwas freue. Und Timo kommt mit. Das gefällt ihm bestimmt auch. Er begleitet mich sowieso ständig, also nehme ich ihn ab sofort einfach ganz offiziell überallhin mit, zumindest in meinen Gedanken. Ich wollte noch nie so viele Sachen mit ihm machen wie jetzt. Ihn mit meinem Auto fahren lassen, mit ihm noch mehr Konzerte besuchen, einen Boxkampf anschauen. Er ist und bleibt ein Teil meines Lebens. Ich will, dass er mich ab sofort auch bei den erfreulichen Sachen begleitet. Ich will nicht immer nur traurig sein, wenn ich an ihn denke.

Der Stern leuchtet heute wieder ganz stark und ein kleiner, nicht so heller, steht daneben. Ist das Oma? Ich hoffe, Timo ist tatsächlich bei ihr, so wie es das Medium gesagt hat. Sie passt sicher auf ihn auf. Wie gerne würde ich sie fragen, wie sie den Tod ihres Sohnes verkraftet hat. Ich war als Kind oft mit ihr an seinem Grab, und sie hat immer nur Schönes oder Lustiges von Arno erzählt, nie über die Trauer gesprochen.

*

Ich stehe in Timos Zimmer. Gerade eben fährt wieder ein Zug vorbei. Es müsste der sein, der Timo überfahren hat, zumindest von der Uhrzeit her. Ich lege mich in sein Bett, aber nur kurz. Es ist so still. Totenstill. Wie lange muss ich noch so weiterleben?

Aus dem Hinterhalt schleicht sich der Wunsch an, dass auch für mich alles vorbei ist. Dass dieser Schmerz endlich aufhört. Manchmal habe ich das Gefühl, dass mein Körper aufschreit, innerlich zerreißt. Ich kann und will so nicht leben. In diesen Momenten kann ich verstehen, oder zumindest erahnen, wie Timo sich gefühlt haben muss, als er keinen anderen Ausweg mehr gesehen hat. Als er auf die Gleise gegangen ist. Ich würde das nicht schaffen. Nein, ich muss nun mit dieser Last leben und warten, bis er mich holt.

Ich habe keine Angst mehr vor dem Sterben, weil ich hoffe, dass ich dann mit ihm und Oma vereint bin. Früher habe ich mir oft Gedanken gemacht, ob ich mit dem Rauchen aufhören soll, weil ich nicht so früh abdanken wollte. Heute ist es mir egal. Auch für mich ist diese Welt, wie hat Timo immer gesagt, sinnlos geworden.

Jürgens Nähe ist für mich stellenweise unerträglich und stellenweise brauche ich sie. Ich kenne mich selbst nicht mehr. Warum weiß ich nicht mehr, was ich will, und was gut für mich ist?

Ich habe Angst. Jetzt haben mir schon zwei Therapeuten gesagt, dass ich an Depressionen leide. Ich will das nicht. Möchte nicht durchmachen, was Timo durchleiden musste.

Diese ständige innere Unruhe fühlt sich an, als hätte man in der Schule etwas ausgefressen, sitzt vor dem Zimmer des Rektors und weiß, man bekommt gleich richtig Ärger. So hat es Jürgen mal beschrieben, und das Gefühl trifft es genau.

Gestern ist ihm Timo am helllichten Tag in der Arbeit im Kopf erschienen. Jürgen hat erzählt, dass er ganz weit weg auf dem Parkplatz der Schule stand, ihm zugewinkt und dabei gelächelt hat. Hat er sich von ihm verabschiedet? Wollte er ihm damit etwas sagen? Oder war das ironisch gemeint?

Ich bin neidisch auf ihn. Warum kann ich Timo nicht sehen? Ich kann ja nicht mal etwas Schönes von ihm träumen. Nein, ich träume immer nur, dass er auf dem Gleis liegt, und ich ihn noch wegziehe, kurz bevor der Zug kommt.

Tassilo möchte nach Djerba fliegen und fragt mich deswegen um Rat. Es fühlt sich unheimlich gut an, wenn er mich braucht. Ich hätte mich sicherlich genauso gut gefühlt, wenn Timo mich um Hilfe gebeten hätte. Und ich hätte für ihn, genau wie für Tassilo, alles gegeben. All meine Kraft hätte ich so gerne an meine Kinder weitergegeben. Jetzt ist keine mehr übrig. Ich weiß nicht, wie es Mütter von Suizid-Kindern schaffen, die kleine Geschwister haben. Ist es einfacher, weil die ihre Mamas mehr brauchen, oder schwieriger, weil kleine Kinder noch mehr Energie aufsaugen?

Ich drehe bald durch. Kann wieder nicht schlafen. Die Erschöpfung bringt mich an meine Grenzen. Ich hole mir Hilfe, klammere mich an jeden Strohhalm, den man mir hinhält. Aber es hilft einfach nichts. Ich versuche jetzt noch Kinesiologie und auch Tabletten. Ich möchte doch nur etwas Lebensfreude zurück.

Ich muss hier raus. Weg, einfach nur weg. Weg von dem Zug, weg von den Menschen, weg vom Alltag. Wenn ich den Laden nicht hätte, würde ich einfach eine Zeit lang verschwinden, um mir über das Chaos in mir drin klar zu werden. Einfach nur auf mich selbst schauen. Aber es geht nicht. Ich weiß, dass es nur ein Davonlaufen wäre, aber ich bräuchte dringend eine Pause.

Solange ich arbeite, kann ich den Schmerz gut verdrängen, aber zu Hause ist alles leer. So leer ohne Timo. Mir fehlt ein Stück meiner Seele. Dann vergrabe ich mich hinter dem Computer, um nicht über die Realität nachdenken zu müssen. War das bei ihm auch so?

Timos Geburtstag steht bald bevor. Vor 18 Jahren um diese Zeit wollte ich ihn aus meinem Bauch loswerden, diesen Moppel. Er war so dick, hatte keinen Platz mehr, alles tat weh. Jetzt hätte ich ihn so gerne wieder da drin. Würde nochmal ganz von vorne anfangen. Versuchen, diesmal alles richtig zu machen. Warum gibt es für das Leben keine zweite Chance?

Timos beste Freundin Lisa kommt zu Besuch und erzählt uns, dass sie uns sehr wohl sagen wollte, dass Timo Depressionen und Suizidgedanken hatte. Aber er hat sie davon abgehalten, sie unter Druck gesetzt. Sie sagt auch, dass Timo zwar auf jeder Party dabei war, aber irgendwie nie etwas Besonderes für die anderen dargestellt hat.

Sein bester Freund Lars wiederum hat erzählt, dass jeder Timo mochte. Hatte er zwei Persönlichkeiten? Je mehr ich über meinen Sohn erfahre, desto mehr wird mir bewusst, wie wenig ich eigentlich über ihn und sein Leben gewusst habe. Wenn andere von ihm erzählen, kommt es mir manchmal so vor, als hätte ich ihn gar nicht gekannt. Als würden sie über einen Fremden sprechen.

Ich möchte Lisa so gern helfen, aber ich weiß nicht, ob sie meine Hilfe annimmt. Ich mache mir große Sorgen um sie. Wenn wir ihr helfen, können wir damit vielleicht auch wieder etwas gut machen.

Ich hätte so gerne Enkelkinder von Timo gehabt. Es darf nicht sein, dass alle Träume nur wegen so einer dämlichen Krankheit implodieren, die man auch hätte behandeln können. Nun stehe ich am selben Punkt, an dem er gestanden hat. Ich muss mich behandeln lassen, sonst rutsche ich genauso tief in die Depressionen hinein wie er. Ist das Leben?

Eine Freundin hat mir Schlaftabletten gebracht. Es funktioniert ganz gut. Aber sobald ich sie nicht mehr nehme, kann ich prompt nicht mehr einschlafen. Heute ist es wieder besonders schlimm. Es tut so weh. Timo war einfach mein Seelenmensch. Er war wie ich.

Ich habe keine Energie mehr, und Jürgen wird mir auch zu viel, obwohl ich weiß, dass er es gut meint.

Eine Kundin empfiehlt mir, eine Familienaufstellung zu machen. Bringt das etwas? Ich glaube nicht. In den Büchern, die ich lese, steht, ich soll die Liebe zu Timo finden, dann werde ich immer mit ihm verbunden sein. So ein Schwachsinn. Ich weiß ganz genau, wie sehr ich ihn geliebt habe, und wie sehr ich ihn immer lieben werde. Aber die Verbindung zu ihm ist gerissen. Ich kann ihn nicht mehr spüren, nicht mehr mit ihm reden, ihn nie mehr in den Arm nehmen.

Timos Tod ist nun vier Monate und drei Tage her, und ich habe immer noch das Gefühl, es sei erst gestern pas siert. Ich durchlebe diesen 6. Oktober immer und immer wieder. Was hätte ich tun können, damit es nicht soweit gekommen wäre? Wahrscheinlich werde ich darauf nie eine Antwort bekommen.

Ich gehe zu einer Kinesiologin. Ich weiß zwar nicht, was das genau ist und wie es funktioniert, aber Tatsache ist, es hilft erstmal. Ich soll mir vorstellen, ich bin eine Sonnenblume, die sich im Wind biegt, aber nicht bricht. Sie sagt mir auch, dass Timos Tod etwas mit meinem Onkel Arno zu tun hat, der mit achtzehn Jahren einen Autounfall hatte. Kann das sein? Ich kannte ihn ja nicht mal, geschweige denn Timo. Sie erklärt mir, dass sich der Tod eines jungen Menschen in der Familie alle paar Generationen wiederholen kann, aber dass sie diesen Prozess nun unterbrochen hätte. Ich glaube nicht so recht daran, aber falls es so sein sollte, ist es ja gut.

Außerdem nehme jetzt ein pflanzliches Mittel zur Stimmungsaufhellung. Die ganze Woche kann ich mich relativ gut auf einem Level halten. Mir geht es zwar nicht richtig gut, aber auch nicht wirklich schlecht.

Dann macht sich doch wieder diese Ruhelosigkeit in mir breit. Vor lauter Verzweiflung probiere ich auch eine Familienaufstellung und eine Energiebehandlung. Doch bis auf jede Menge Fragezeichen in meinem Kopf bringt mir das nichts. Außer, dass ich jetzt um neunzig Euro ärmer bin.

Eine Freundin von mir sagt, dass es eine Unverschämtheit ist, wie manche Menschen versuchen, am Leid anderer zu verdienen. Doch da gibt es noch viel Schlimmeres. Ich höre immer wieder von anderen betroffenen Eltern, dass die Bahn ihnen zum Beispiel Zugausfallzeiten in

Rechnung stellt, oder dass Bestatter zweimal abkassieren: einmal bei der Kripo und einmal bei den Angehörigen. Meistens beauftragt die Polizei den Bestatter, und alle Kosten, die bis zur Freigabe der Leiche entstehen, müssen von der Kripo übernommen werden. Die meisten Eltern wissen das nicht und zahlen brav die zweite Rechnung. Und die Bestatter verdienen doppelt.

*

Heute ist der 26. Februar. Timos achtzehnter Geburtstag. Es ist fast unerträglich, diesen Tag ohne ihn erleben zu müssen. Ich habe ihm Luftballons gekauft. Blöd, ich weiß. Morgens bringen wir sie auf den Friedhof, damit jeder seiner Gäste einen für ihn fliegen lassen kann. Allein schon dort zu stehen, auf dem Friedhof vor der Urnensäule, ist so schwer, dass ich wieder weinen muss.

Später kommt meine Mutter nach ihrem Besuch bei Timo noch zu uns, auch ihr geht es sehr schlecht. In die Selbsthilfegruppe möchte sie aber nicht mit, kämpft lieber allein mit sich. Ob das richtig ist? Jürgen macht sich heute ebenfalls wieder schwere Vorwürfe wegen allem, was er zu Timo gesagt hat, und wie er mit ihm umgegangen ist.

Timos achtzehnten Geburtstag hätte ich mir fröhlicher gewünscht. Ich fühle mich, als würde ein riesiger Betonklotz auf mir liegen. Mir ist kotzschlecht. Ich muss jetzt zurück auf den Friedhof, aufräumen.

Ich komme aber nicht in die Gänge, weiß genau, dass ich dort wie immer heule wie ein Jammerlappen. An dem Tag, als Timo ging, ist auch ein Teil von mir gegangen.

Wie kann man das heilen? Kann man das überhaupt je heilen?

Morgen bekomme ich die Polizeiakte. Ich habe Angst, zusammenzubrechen.

AKTENEINSICHT

Ich will alles ganz genau wissen. Ich will spüren, was Timo in seinen letzten Minuten gespürt hat. Deshalb habe ich vor ein paar Wochen bei meiner Anwältin Akteneinsicht beantragt. Erst dachte ich, dass ich verrückt bin, weil ich jedes Detail seines Todes brauche. Doch als ich in der Selbsthilfegruppe darüber gesprochen habe, sagten die anderen Eltern, dass es ihnen genauso ging. Für alle war es unheimlich wichtig, genau zu erfahren, was in den letzten Minuten im Leben ihres Kindes vorgefallen ist. Egal, wie hart das war.

In der Kanzlei meiner Anwältin darf ich alle Unterlagen lesen. Ich bin unruhig und doch gefasst, als sie eine rote Mappe mit einem Stapel Papier darin vor mich hinlegt. Ich klappe sie auf und nehme die Aussagen der drei Lokführer heraus, die morgens als erste an der Unfallstelle vorbeigefahren sind.

Die erste Regionalbahn traf gegen 4.59 Uhr am Ereignisort ein, steht da. Am Bahnkilometer 35,8. Die Bürokratensprache irritiert mich erst, aber dann hilft sie mir, die Zeugenaussagen zu lesen. Sie fühlen sich dadurch etwas distanzierter an, so als würde es nicht um einen echten Menschen gehen, nicht um meinen Timo. Der Triebfahrzeugführer gab an, dass er keine Person gesehen hat. Zu hundert Prozent konnte er das aber nicht bestätigen, da er durch den Funkverkehr abgelenkt war. Er hat jedoch keinen Knall und kein Ruckeln des Zuges bemerkt. Die nächste Bahn traf gegen 5:26 Uhr ein. Auch dieser Lokführer sagte aus, dass er niemanden gesehen hat. Er fuhr nach Memmingen weiter, um dort zu wenden und Richtung Buchloe zurückzukehren. In der Zwischenzeit bekam er vom Fahrdienstleiter den Hinweis, dass auf Höhe des Bahnkilometers 35,8 etwas Blaues in den Gleisen liegen soll. Daraufhin fuhr er den Streckenabschnitt langsamer ab. Da hat er Timo gesehen. Sein Kopf war bereits abgetrennt.

Ein paar Minuten später fuhr noch ein Zug in der anderen Richtung vorbei. Der Zugführer gab an, dass er etwas Blaues gesehen hat. Er war sich jedoch nicht sicher, ob es sich dabei um einen Müllbeutel oder um eine Person gehandelt hat. Müllbeutel. Das Wort trifft mich wie eine Ohrfeige. Da er kein Rumpeln des Zuges bemerkt hat, ging der Fahrer davon aus, dass es sich nicht um eine Person handelte. Oder aber, dass der Kopf bereits abgetrennt war.

Niemand weiß, wer Timo überfahren hat. Das ist auch völlig irrelevant. Ich hoffe inständig, dass sich keiner der drei Zugführer die Schuld an seinem Tod gibt. Ich denke oft darüber nach, wie es ihnen wohl geht. Ich weiß nicht, ob sie je erfahren haben, dass es ein Jugendlicher war, der da morgens in den Gleisen lag. Ich empfinde tiefes Mitgefühl für die Lokführer, die so etwas erleben müssen. Sie haben nichts mit den Menschen zu tun, die sich vor ihre Züge werfen, können nichts für deren Probleme und sind trotzdem bis an ihr Lebensende traumatisiert. Ich bin Timo dankbar dafür, dass er seinen Tod zumindest so inszeniert hat, dass die Lokführer es gar nicht bemerkt haben.

Als nächstes liegt der Tatortfundbericht oben auf dem Stapel. Ich atme tief durch. Mir ist klar, dass das jetzt hart wird. Verdammt hart. Auf der ersten Seite stehen die

Eckdaten, ordentlich zusammengefasst. Sterbeort, Uhrzeiten und so weiter. Sogar das Wetter ist festgehalten. Da steht, dass beim Eintreffen des Kriminaldauerdienstes Dunkelheit herrschte, und leichter, nebelartiger Niederschlag bei 3 °C. Mein Magen zieht sich zusammen. Timo hat bestimmt gefroren.

Ich lese, wie mehrere Beamte der Bundespolizei und Mitarbeiter der Feuerwehr das Gleis abgesucht haben. Wie sie Timos Leichnam und seinen Kopf fanden. Ein Mitarbeiter der freiwilligen Feuerwehr sagte, dass es sich bei dem Verstorbenen um Timo Metzeler handeln könnte. Das war Martin.

Da steht auch, dass der Kriminaldauerdienst um 9:30 Uhr bei uns klingelte, jedoch niemand die Haustüre geöffnet hat. Stimmt, ich war beim Zahnarzt, Jürgen und Tassilo in der Arbeit. Mit Timos Schlüsselbund, den die Beamten ebenfalls auf den Gleisen gefunden haben, führten sie eine Schließprobe an der Haustüre durch. Die Tür ging auf. In diesem Moment war klar, dass es wirklich Timo war. Die Polizisten wussten also tatsächlich schon um halb zehn in der Früh, wer da gestorben war.

Sie fragten in der Nachbarschaft herum, erfuhren, dass ich ein Tattoo- und Piercing-Studio habe. Jetzt ist mir auch klar, warum das ganze Dorf vor mir Bescheid wusste. Um 10:00 Uhr stand die Polizei vor meinem Laden, da war aber noch geschlossen. Sie riefen die Telefonnummer an, die an der Studiotüre steht, es meldete sich aber nur die Mailbox.

Dunkelschwarze Wut kocht in mir hoch. Wie konnte es bloß passieren, dass die Polizei mich nicht vom Tod meines Kindes unterrichtet hat? Warum haben die Beamten, als sie mich nicht erreicht haben, nicht Jürgen oder Tassilo in der Arbeit aufgesucht? Bei jeder noch so unwichtigen Kleinigkeit finden sie einen schließlich auch. Ich erinnere mich, dass ich mal mit Jürgens Auto auf dem Weg zur Arbeit geblitzt wurde. Die Polizei kam zu mir ins Geschäft und kassierte den Strafzettel, obwohl das Auto auf ihn angemeldet war. Wenn es um ein paar Euro geht, stehen die Freunde und Helfer immer parat. Aber wenn ein Kind stirbt, plötzlich nicht mehr. Warum werden die Beamten für solche Fälle nicht besser geschult?

Ich atme tief durch, versuche, mich zu beruhigen. Jetzt geht es ans Eingemachte. Auffindesituation des Leichnams, steht da. Soll ich weiterlesen? Ich schlucke, aber es ist keine Spucke mehr in meinem Mund. Dann lese ich die ersten Sätze, die ich mein ganzes Leben lang nie wieder vergessen werde: *Der Leichnam liegt quer zu den Schienen im Gleisbett und füllt den Bereich zwischen den zwei Gleisen vollständig aus. Die Beine sind ausgestreckt. Das linke Bein liegt über dem rechten. Der Kopf des Leichnams ist komplett abgetrennt, ebenso der rechte Arm im Schulterbereich. Der Leichnam ist vollständig bekleidet, nur der rechte Schuh am rechten Fuß fehlt.*

Das Bild, wie Timo dort gelegen hat, brennt sich in diesem Moment in mein Gehirn ein. Mit einem Fuß über dem anderen. Ganz entspannt. Ich stelle mir vor, dass er auf das Fenster seines Zimmers geblickt hat und möchte glauben, dass er keine Angst hatte. Ich war schon oft beim Gleis und habe mir vorgestellt, wie er genau dagelegen hat. Jetzt weiß ich es. Jetzt bin ich sicher, dass das letzte, was er gesehen hat, das Fenster seines Zimmers war. Sein Zuhause.

Da steht, dass sein Kopf offenbar noch einige Meter in Fahrtrichtung des Zuges mitgerissen wurde, dann die Böschung hinunterrollte und im Brombeergestrüpp zum Liegen kam. Ich denke wieder an Martin, der ihn gefunden hat. Die Beamten fanden außerdem Timos Mütze, den Schlüsselbund und eine Packung Zigaretten.

Timos Kopf lag auf der linken Seite. Auf dem Gleis klebten ungefähr einen Meter um seinen Leichnam herum Blut und Gewebeteile. Auch an den nächsten Satz erinnere ich mich ganz genau: *Die Spritzrichtung des Blutes geht in Fahrtrichtung des Zuges nach Osten.* Das klingt völlig absurd. Aber jetzt weiß ich, aus welcher Richtung der Zug kam, der ihn überfahren hat.

Der Leichnam wurde ins Bestattungsinstitut gebracht, wo gegen 8:30 Uhr die polizeiliche Leichenschau durchgeführt wurde. Auch jetzt will ich noch weiterlesen.

Timos Augen waren geschlossen, und außer der Abtrennung des Kopfes und des Arms wies er keine weiteren Verletzungen auf. Es hat wohl nur einen Sekundenbruchteil gedauert, er hat nicht gelitten. Auch dass in seinem Körper noch Restwärme vorhanden war, tröstet mich. Keine Ahnung, warum. Vielleicht weil es zeigt, dass er doch nicht so lange allein in der Kälte gelegen hat? Wenn wir am Friedhof vorbeifahren, überfällt mich oft ein Schauer, und ich sage dann jedes Mal zu Jürgen: »Er friert!«.

Die Obduktion ergab, dass Timo zum Zeitpunkt seines Todes weder Alkohol noch Drogen im Blut hatte. Er war völlig klar im Kopf. Er wollte sterben. Werde ich seine Entscheidung jemals akzeptieren können? Nun liegt der Obduktionsbericht vor mir. Ich klappe ihn auf. Da sind

Fotos dabei. Nein, die kann ich nicht anschauen. Dafür bin ich nicht stark genug. Ich schließe die Mappe wieder. Für heute reicht es.

Ich bin ganz ruhig. Erschrecke darüber, wie gelassen ich die Akteneinsicht nehme. Keine Träne. Nichts. Ich weiß jetzt, dass ich irgendwann eine Hand aufs Gleis legen muss, wenn ein Zug in weiter Entfernung kommt, um zu spüren, was Timo in seinen letzten Minuten gespürt hat.

Mittlerweile ist es Nacht. Zuerst dachte ich: Hey, ich pack das mit der Akte ja ganz gut. Eigentlich weiß ich nur ein bisschen mehr als vorher. Aber jetzt fängt es an, in mir zu arbeiten. Wie ein Film läuft immer wieder in meinem Kopf ab, wie Timo da in der nebligen Nacht gelegen hat, den linken Fuß über dem rechten, und das Vibrieren des Zuges gespürt hat.

Ich denke auch über die Aussage von Lisa nach, die ich bei der Anwältin gelesen habe. Sie hat der Polizei erzählt, dass Timo sich jede Menge Freundschaften durch Lügen kaputt gemacht hat, und auch, wie negativ er zum Leben eingestellt war. Warum nur? Er hatte kein schlechtes Leben.

Lisa hat auch ausgesagt, dass Timo ein guter Schauspieler war, und dass man es ihm nicht anmerkte, wenn ihn etwas bedrückte. Sie sagte, jedes Mal, wenn sie sich getroffen haben, wäre irgendwas bei Timo passiert. Mädels, Zoff in der Familie, solche Sachen. Lisa passte fast ein Jahr lang regelrecht auf ihn auf. Ich verstehe, dass das zu viel für sie war. Timo habe gesoffen und gekifft, sagt sie, wäre immer schlecht drauf gewesen und hätte richtiggehend nach Gründen gesucht, um traurig sein zu können. *Wenn irgendwas lustig war, dann hat er immer das Negative daran gesucht.* Er hätte oft gesagt, dass es ihm nicht gut geht und er keine Lust mehr habe, zu leben. Dass alle gegen ihn seien. Timo sei der Meinung gewesen, dass er gar keine richtigen Freunde hätte. Stimmt das? Er war doch ständig auf Partys, hat oft etwas mit anderen Leuten unternommen, war beim Thai-Boxen und im Fitness-Center. Das verstehe ich nicht.

Lisa hat noch eine Geschichte zu Protokoll gegeben, die mich total geschockt hat. Timo hat wohl im Suff behauptet, dass er Krebs hätte. Lisa glaubte ihm und diskutierte mit ihm darüber, ob er eine Chemotherapie machen solle oder nicht. Er schrieb ihr dann eine Nachricht, dass er morgen mit der Behandlung anfangen würde, und wenn er sich nicht mehr melden würde, dann wäre es zu spät gewesen. Danach war er nicht mehr online.

Jetzt, im Nachhinein, weiß ich, dass er sich danach in Sontheim aufs Gleis gelegt hat. Diese Geschichte war eine Art Abschied. Damit ihn keiner seiner Freunde suchen würde.

Lisa versuchte immer wieder, Timo zu erreichen. Irgendwann rief sie Tassilo an, der ihr sagte, dass das alles nicht stimmte. Dass Timo ganz normal zu Hause sei. Als sie Timo schrieb, dass sie die Wahrheit wusste, hat er weiter gelogen. Er hätte die Chemo in Amerika gemacht, weil das in Deutschland nicht möglich gewesen wäre, und sei deshalb nicht online gewesen.

Warum hat Timo das getan? Habe ich ihm so wenig Anerkennung gegeben, dass er anderen etwas vorlügen musste, um die Aufmerksamkeit auf sich zu ziehen? Er war doch toll, so wie er war. Warum diese ganzen Lügen?

Ich verstehe, dass Lisa stinksauer auf Timo war. Sie wusste ja nichts davon, dass er sich das Leben nehmen wollte. Anfang September schrieb ihr Timo, dass es ihm leidtäte und er sich wünschen würde, dass alles wieder so wird wie früher. Dass er die alten Zeiten vermisst.

Ich vermisse die alten Zeiten auch. Nun bin ich wieder wacher als wach, und mein Kopf arbeitet wie eine Maschine. Jürgens Geschnarche geht mir auf die Nerven. Ich habe den Eindruck, dass er sich kaum mit Timo und dessen Suizid auseinandersetzt. Täuscht das? Oder macht er das nur anders als ich? Kommen wir beide überhaupt noch klar, wenn ich es schaffe, das aufzuarbeiten? Schafft er das auch?

Auch Tassilo kommt mir nicht mehr traurig vor. Oder nehme ich das bloß nicht wahr? Er ist nur noch on Tour und kaum daheim. Er fehlt mir. Ich sehe ihn nur morgens vor der Arbeit, aber dann ist er noch nicht in der Lage, zu quatschen. Ich will ihn aber nicht unter Druck setzen.

Am Donnerstag muss ich wieder zum Zahnarzt. Schaffe ich das ohne Tränen? Das letzte Mal, als ich dort war, war der 6. Oktober. Weil ich beim Zahnarzt war, konnte mir niemand Bescheid geben, dass Timo sich das Leben genommen hat.

März 2017

Seit ich Akteneinsicht hatte, geht es mir etwas besser. Ich weiß jetzt genau, dass Timo entspannt war und keine Angst hatte, sonst wäre er nicht auf den Gleisen gelegen wie zu Hause auf dem Sofa. Trotzdem ist meine Gefühlslage ein ständiges Auf und Ab. Schwankungen zwischen Nervosität, Aufgelöstheit und zwischendrin mal Ruhe.

Ich kann mich ganz gut auf dem Okay-Level halten. Die Trauer fällt mich trotzdem immer wieder an und verbeißt sich in meinem Herzen. Meine Gefühle schlagen manchmal im Minutentakt um.

Ständig grüble ich über Timo und uns nach, obwohl ich weiß, dass es mich kein Stück weiterbringt. Meine Selbstvorwürfe zermartern mich weiterhin. Unsere letzten Gespräche gehen mir immer wieder durch den Kopf, und ständig stellen sich mir die gleichen Fragen. Hört das irgendwann auf?

Geht es mir doch einmal etwas besser, habe ich sofort ein schlechtes Gewissen. Nicht, weil andere irgendetwas Negatives über mich denken könnten, sondern weil ich dann immer vor Augen habe, wie schlecht es ihm ging.

Trotz allem tritt langsam eine gewisse Normalität ein. Das erschreckt mich sehr. Manchmal kommt es mir so vor, als würde ich Timos Tod vergessen. Natürlich stimmt das nicht, und ich habe immer wieder Einbrüche, in denen ich hemmungslos weine, aber diese Krisen werden weniger. Ich kann mittlerweile sogar relativ gut schlafen. Ich war schon seit Tagen nicht mehr in Timos Zimmer, habe seine Sprachnachrichten und das Video nicht mehr angehört und angesehen.

Unruhig bin ich aber noch sehr oft. Teilweise so sehr, dass mir schlecht wird.

Ich lasse mir Timos Porträt auf den Oberarm tätowieren. Ich habe schon mal mit Jürgen darüber gesprochen, und er wollte sich seinen Namen auf die Finger stechen lassen. Aber jetzt kommt er doch nicht damit klar, dass Timo ihn ständig von meinem Oberarm aus anschaut. Er sagt, es fällt ihm schwer, immer sein Bild zu sehen, so als hätten wir ein Foto von Timo am Esstisch. Für mich fühlt sich das an, als würde er ihn hier nicht haben wollen.

Ich bin mein Leben lang nicht genug zu Timo gestanden, sondern eher hinter Jürgen. Nun will ich meinen Sohn ganz bei mir tragen. Hätte ich das Tattoo nicht gemacht, hätte ich wieder das Gefühl gehabt, dass ich nicht wirklich zu Timo stehe. Er ist und bleibt mein Sohn. Er ist ein Teil von mir, mein Fleisch und Blut. Musste er erst sterben, damit ich begreife, dass ich mich auf seine Seite stellen kann? Ich würde am liebsten das ganze Haus mit seinen Fotos zupflastern.

Vorhin haben wir fernsehgeschaut, da kam ein toter Jugendlicher vor, der erste Verdacht war Suizid. Jürgen ist rausgegangen, hat sich hingelegt. Warum hat er nichts gesagt? Warum redet er nicht mit mir darüber? Ich als Timos Mama versuche, mich täglich ins Leben zurückzukämpfen. Und er läuft einfach davon.

April 2017

Es geht mir nicht gut, aber auch nicht schlecht. Ich würde es als okay beschreiben. Jürgen setzt sich seit dem Tattoo endlich mit Timos Tod auseinander. Ich bin sehr froh darüber, aber er ist ziemlich depressiv und meint, ich könnte ihn auffangen. Das kann ich aber nicht. Ich habe dazu überhaupt keine Kraft, obwohl er mir leidtut.

Der Therapeut verstärkt seine negativen Gefühle noch, sodass die Situation fast aus dem Ruder läuft. Der Psycho-Doc meinte nämlich, ich müsste bezüglich unserer Beziehung alle Karten offen auf den Tisch legen. Das tat ich dann auch brav und sagte Jürgen, dass ich nicht weiß, ob ich ihm jemals alles verzeihen kann, was vorgefallen ist. Nun hat er auch noch Verlustängste, was mir wiederum das Gefühl gibt, dass er sich noch mehr an mich klammert. Es ist ein Teufelskreis. Ich weiß mir keinen Rat mehr. Ich lege Jürgen nahe, dass er in eine Klinik gehen soll, aber er will auf keinen Fall von mir weg. Und dabei würde ich so dringend eine Pause brauchen.

Jürgens Selbstvorwürfe sind jetzt mit aller Macht über ihn hereingebrochen. Er sagt zu mir: »Wie abgrundtief muss mich Timo gehasst haben.« War das so? Hat Timo ihn wirklich gehasst? Darauf werden wir nie eine Antwort bekommen. Ich glaube aber, dass Timo ihn im Grunde genauso gemocht hat, wie er ihn, sonst hätte ihn der Streit ja nicht so getroffen. Die beiden waren sich ähnlicher, als sie vielleicht glauben. Sie konnten sich nur gegenseitig ihre Gefühle nicht zeigen und oft auch nicht vernünftig miteinander reden.

Auch Jürgens Freunde haben versucht, mit ihm zu sprechen, es hat aber nichts gebracht. Er tut mir leid, und ich versuche, es ihm recht zu machen, so gut ich kann, aber es ist immer alles verkehrt. Er sagt, ich soll ihn in den Arm nehmen. Ich überwinde mich, obwohl ich gerade keine Nähe brauchen kann. Ein anderes Mal schiebt er mich weg und sagt, er könne das jetzt nicht ertragen. Wie sollen wir miteinander umgehen? Es ist alles so schwierig geworden. Ich hoffe, wenn die Blumen im Garten wieder blühen, kann ich mich etwas darüber freuen.

Tassilo fliegt in den Urlaub, er fehlt mir jetzt schon. Ich gehe zum Friedhof, um neue Blumen in Timos Schale zu pflanzen. Als ich in der Hocke vor der Urnensäule sitze, nähert sich eine Frau von hinten und fragt mich, wie es mir geht.

Ich schaue über die Schulter. »Nicht so gut.«

Sie knetet ihre Hände. »Mein dreizehnjähriges Kind ist auch gestorben«, erzählt sie. Ich will mich gerade aufrichten, um etwas Nettes zu ihr zu sagen, als sie fortfährt: »Das ist ja viel schlimmer als bei Ihnen. Ihr Sohn war ja wenigstens schon älter.«

Mein Mund klappt auf und wieder zu, dann drehe ich mich zurück zur Blumenschale. Mir fehlen die Worte. Was macht es für einen Unterschied, ob ein Kind mit dreizehn oder siebzehn Jahren stirbt? Tot ist tot. Ich höre, wie sich die Schritte der Frau entfernen.

Dieses Erlebnis wirft mich völlig aus der Bahn. Ich würde am liebsten ausbrechen. Weiß nicht mehr, wo ich hingehöre, wohin ich gehen soll. Im Mai werde ich ein Wochenende zu meiner Tante fahren. Einfach mal weg, niemanden sehen, niemanden hören, vor allem nicht den verdammten Zug.

Ich habe keine Kraft mehr und sehe im Moment nur zwei Möglichkeiten: Entweder es wird bald besser, oder Timo holt mich zu sich. Ich fühle mich so allein mit meinem Schmerz. Er ist wie eine Grippe. Tagsüber geht es meistens, aber gegen Abend wird er immer schlimmer. Schon ab fünf Uhr, wenn ich weiß, ich muss in einer Stunde nach Hause, werde ich unruhig. Liegt es an daheim? Daran, dass Tassilo nicht da ist? Ich weiß nichts mit mir anzufangen und sage zu Jürgen, er soll mich in Ruhe lassen, wenn ich so schlecht drauf bin. Er ignoriert mich dann, genau wie ich es mir gewünscht habe, und trotzdem nervt er mich. Dann will ich wieder, dass er mich in den Arm nimmt. Ich bin genau wie er. Woher soll er denn noch wissen, was er soll, und was nicht?

Für alle anderen läuft das Leben normal weiter, nur für mich ist die Zeit stehengeblieben. Ich gehe zwar allen meinen Pflichten nach, aber es fühlt sich an, als wäre ich eine leere Hülle, die einfach nur funktioniert. Wie ein Roboter. Ich bin vergesslich geworden, verschludere Termine, muss mir alles aufschreiben. Für normale Sachen ist kein Platz mehr im Kopf.

Ich habe seit Tagen schreckliche Schmerzen in der Brust, das Rauchen setzt mir immer mehr zu. Sind das die Vorboten? Holt Timo mich bald zu sich?

Auf unseren neuen Pool kann ich mich auch nicht recht freuen. Ich denke immer wieder daran, wie Timo mit mir früher im Wasser geblödelt hat. Wenn ich ans Weggehen denke, denke ich immer an das letzte Mal, als wir zusammen so viel Spaß hatten. Alle anderen Erinnerungen sind so gut wie ausgelöscht. Ich erinnere mich nur an Dinge, die ich mit Timo erlebt habe. Aber ich habe doch auch etwas mit Tassilo und Jürgen erlebt. Warum ist das alles weg? Die beiden bedeuten mir nicht weniger als früher. Aber Timo hat sich, seit er nicht mehr da ist, übermächtig vor alles andere geschoben.

Ich arbeite den ganzen Tag und will mich müde machen, aber es funktioniert nicht. Abends sitze ich wieder hellwach im Esszimmer. Halbe Stunde, ein Zug fährt vorbei. Volle Stunde, ein Zug fährt vorbei. Es macht mich irre. Ich habe schon überlegt, das Haus zu verkaufen und wegzuziehen, aber ich kann es nicht hergeben. Ich habe zehn Jahre an unserem Heim gearbeitet, und Timo ist hier überall. Würde ich umziehen, wäre er vielleicht weg. Bei diesem Gedanken erfasst mich Panik. Außerdem würde sich Tassilo dann eine eigene Wohnung nehmen, und im Moment bin ich unglaublich froh, wenn er zumindest hin und wieder mal da ist. Ich würde es ohne ihn nicht schaffen.

Mai 2017

Lisa hat uns zu ihrem Geburtstag eingeladen. Das hat uns riesig gefreut. Es tut trotzdem weh, die ganzen jungen Leute in Timos Alter zu sehen und zu wissen, dass er nicht mehr dabei ist. Auf der Feier fragt mich zum ersten Mal jemand, wie viele Kinder ich habe, und was meine Söhne machen. Es ist Lisas Oma. Ich erzähle von Tassilo, dann fragt sie: »Und Ihr anderer Sohn?«

Kurz zögere ich, doch dann kommt die Antwort wie von selbst aus meinem Mund: »Timo lebt nicht mehr.«

Sie presst sich die Hand vor den Mund, dann stammelt sie: »Das tut mir leid, ich wusste nicht ...«

Ich sage die Wahrheit: »Mein Sohn hat sich das Leben genommen.« Es ist schwer, diese Worte auszusprechen, aber es zeigt mir auch, dass ich auf meinem Trauerweg wieder ein Stück weiter gekommen bin. Wenn Leute von Selbstmord oder Freitod sprechen, ärgert mich das. Diese Worte würde ich nie benutzen. Mein Sohn ist kein Mörder. Genauso wenig war er frei. Wie frei kann jemand sein, der so verzweifelt ist, dass er den Tod als einzigen Ausweg sieht? Aber die Begriffe *Suizid* oder *sich das Leben nehmen* kann ich mittlerweile aussprechen.

Ich gehe nochmal zu meinem Übergangstherapeuten. Schade, dass ich mich nicht weiter bei ihm behandeln lassen kann, er hat mir sehr geholfen. Dafür macht er aber bei meiner zukünftigen Therapeutin etwas Druck, sodass ich gleich nächste Woche einen Termin bei ihr bekomme.

Bekannte kommen zu Besuch und erzählen, dass der Bruder einer ehemaligen Reitschülerin von mir mit einundzwanzig Jahren Suizid begangen hat. Es ist schrecklich, wie viele junge Menschen sich das Leben nehmen. Immer wieder fragen wir Eltern uns: Warum betrachtet ihr den Tod als einzige Möglichkeit? Es gäbe doch so viele andere Wege, andere Lösungen. Warum seht ihr die nicht? Warum holt ihr euch keine Hilfe? Warum vertraut ihr euch niemandem an?

Vielleicht ist euch nicht bewusst, was ihr uns Hinterbliebenen mit einem Suizid antut. Die Folge von euren Kurzschluss-Reaktionen sind zerstörte Leben, gebrochene Herzen, dauerhafte Therapien. Nicht nur von uns Eltern. Auch von Großeltern, Freunden, Partnern, Zugführern, Notfallsanitätern, Notärzten. Wollt ihr all denen wirklich so viel Leid zufügen, das sie bis an ihr Lebensende mit sich herumschleppen müssen? Ihr seid ja schließlich raus aus der Sache, oder? Bitte, wenn es euch schlecht geht, denkt darüber nach, ob es nicht doch besser ist, jemandem davon zu erzählen.

Und dann fallen mir wieder Timos Worte ein: *Mama, ich bin dort oben depressiv geworden.* Ich könnte mich dafür ohrfeigen, dass ich den Sinn dieses Satzes nicht kapiert habe. Das klang so nebenbei. Das hörte sich so an wie: *Das Wetter macht mich depri*, oder: *Ich komme ja jetzt nach Hause, und dann wird alles wieder gut.* Ich dachte eben, er hätte Heimweh. Dass Timo wirklich am Krankheitsbild Depression litt, konnte ich nicht wissen. Ich hatte mich vorher nie damit beschäftigt.

Mittlerweile habe ich einiges über die Krankheit gelesen und würde die Alarmzeichen vielleicht erkennen. Timo hat mir sogar eine ganze Reihe Symptome geschildert: Schlaflosigkeit, ständiges Erbrechen, Appetitlosigkeit und Nasenbluten. Aber ich hatte keine Ahnung, dass dies alles Anzeichen für eine Depression sein können. Jetzt weiß ich, dass ganz viele Jugendliche unter Niedergeschlagenheit leiden, und dass Dinge, die wir Erwachsenen vielleicht belächeln, für sie weltbewegend sein können. Lebensbedeutend. Das kann Liebeskummer sein, Angst vor der Zukunft, zu viel Druck in der Schule, oder einfach das Gefühl, den Erwartungen der anderen nicht gerecht zu werden. Depressive Menschen isolieren sich und ziehen sich zurück. Sie verlieren das Vertrauen, die einfachsten Dinge des Alltags bewältigen zu können, und ihr Denken kreist nur noch um ihre Unfähigkeit. Sie fühlen innere Leere, wirken reaktionsarm. Depression ist ein Leben in Grautönen. Ich weiß jetzt auch, dass fünfzehn Prozent aller Menschen, die unter Depressionen leiden, sich das Leben nehmen. Aber jetzt ist es zu spät.

*

Mit Jürgen läuft es weiterhin ganz gut. Ich bin froh, dass es ihm etwas besser geht. Was mir weh tut, ist Tassilos Art. Teils ist er witzig und bringt mich zum Lachen, teils ist er pampig und ein unsensibler Trampel. Als ich den Zaun für seine Dachterrasse streiche, kommt er raus, guckt zu und meint. »Das ist hässlich.«

Timo hätte vielleicht auch gesagt, der Zaun sei hässlich, aber er hätte mir beim Streichen geholfen. Er wollte nie, dass ich allein arbeite. Auch wenn der Nachbar zur Freinacht seine Pflanzen reingestellt hat, ist er immer rüber gegangen und hat ihm geholfen. Timo hat allen geholfen, nur sich selbst nicht.

Meine neue Therapeutin ist toll. Endlich habe ich das Gefühl, dass mir jemand einen Weg nach draußen zeigt. Raus aus diesem Alptraum. Ich bin so erleichtert nach Hause gekommen, dass Jürgen sofort gesagt hat, man würde mir die Veränderung anmerken. Aber jetzt ist alles wieder dahin.

DÉJÀ-VU

Ich sitze morgens beim Kaffee, als auf einmal mein Handy anfängt zu piepen. Eine WhatsApp nach der anderen kommt an. Was ist da los?

- Alles in Ordnung?

- Geht´s Euch gut?

- Alles ok?

So geht es die ganze Zeit. Ich wunderte mich, bis eine Bekannte schreibt:

- Es hat wieder einen Schienensuizid gegeben. Zur selben Uhrzeit am selben Ort. Wir dachten, du oder Tassilo seid vor den Zug gesprungen.

Ich gefriere innerlich und mein Kopf spult ein perfektes Déjà-vu ab. Zu allem Überdruss muss ich jetzt auch noch zum Zahnarzt. Manchmal glaube ich wirklich, mein Leben ist ein falscher Film.

Jürgen geht es genauso. Er hat morgens um kurz nach fünf wieder die Sirene gehört. Und als er zur Arbeit fuhr, hat er gesehen, wie sie den Bahndamm ausleuchteten. Auch Martin war wieder dabei, als sie den vierzehnjährigen Jungen fanden. Er legte sich nicht hin, wie Timo, sondern sprang vor den Zug.

Seither geht es mir wieder richtig beschissen. Die ganze Verbesserung ist dahin. Die Wunde ist wieder aufgerissen, bis ganz tief unten in ihren eitrigen Grund.

Mein Gehirn ist wie in einer Zeitreise zum 6. Oktober 2016 zurückgekehrt. Ich durchlebe Timos Todestag noch einmal. Kann nicht aufhören, zu zittern und zu weinen. In meiner Verzweiflung rufe ich um halb acht Uhr morgens den Leiter unserer Selbsthilfegruppe an. Ich bin so froh, dass er ein offenes Ohr für mich hat.

Ständig denke ich an die Mutter des Jungen und fühle mit, wie sie das Ganze nun durchleben muss. Er ist der Fünfte, der sich seit Timos Tod in unserem Dorf das Leben genommen hat. Zwei Männer haben sich erhängt, ein anderer ist mit Tempo hundertachtzig absichtlich gegen einen Baum gefahren, und einer hat sich erstochen. Was ist das nur für eine Scheiße? Liegt ein Fluch auf diesem Ort, oder was?

Der Junge hat heute Morgen fast die gleiche Stelle gewählt wie Timo, und die gleiche Uhrzeit. Jetzt habe ich Angst, dass jemand denkt, dass er es ihm nachgemacht hat. Ich könnte es nicht ertragen, wenn sie Timo oder uns die Schuld am Tod dieses Jungen geben. Ich rufe die Bürgermeisterin an und bitte sie, der Familie auszurichten, dass ich jederzeit gerne mit ihnen sprechen würde. Gleichzeitig habe ich furchtbare Angst davor.

Nachts habe ich einen schlimmen Alptraum. Jemand verfolgt mich und zwickt mit einem Bolzenschneider die dicke Ader auf meinem Handrücken auf. Was hat das zu bedeuten? Warum werde ich auch noch in meinen Träumen gequält? Warum kann ich nicht von Timo träumen?

Jürgen würfelt es ganz schön. Timos Tod kommt auch bei ihm wieder hoch.

Tassilo steckt den Tod des Jungen, genau wie bei Timo, relativ cool weg. Er sagt, dass er gar nicht darüber nachdenkt, da er sowieso nicht verstehen kann, warum jemand so etwas macht. Ich weiß nicht, ob das stimmt. Aber ich wäre froh, wenn es ihm tatsächlich so gut gehen würde, wie es scheint.

Ein paar Tage später geht tatsächlich das Gerücht im Dorf um, dass Timo ein Vorbild für den Jungen war. Im Getränkemarkt starren mich alle an, als hätte ich die Pest. Niemand grüßt, und alle machen einen Bogen um mich. Ich kann doch auch nichts dafür, was der Junge gemacht hat. Ich halte es nicht aus, wenn jetzt das ganze Dorf auf mir herumhackt. Jürgen meint, dass ich mir das nur einbilde. Ich antworte: »Ich habe nichts an den Ohren, und ich höre es sehr wohl, wenn mich jemand grüßt.«

Oder fange ich jetzt tatsächlich an zu spinnen?

Ich gehe nochmal in den Laden, um nachzufragen. Tatsächlich erzählt man mir, dass jemand behauptet, der Junge hätte in seinem Abschiedsbrief geschrieben, dass Timo sein Vorbild war. Seitdem gehe ich nicht mehr ins Dorf.

Gibt seine Mutter uns auch die Schuld? Ich hoffe nicht. Ich würde mir so sehr wünschen, dass sie mich besucht und mir das Gegenteil sagt. Dass wir zusammenhalten, und sie nicht gegen mich ist.

Wie reagiert Tassilo wohl, wenn ihm sowas von Leuten aus dem Dorf an den Kopf geschmissen wird? Verteidigt er Timo, oder tut er wie immer so, als sei es ihm egal? Als ich ihn frage, sagt er: »Bei Fremden würde ich nur den Kopf schütteln und gehen. Wenn Leute, die ich kenne, sowas sagen, würde ich sie vermöbeln.«

Und wieder schießt mir die Mutter des Jungen in den Kopf. Ich habe so furchtbare Angst vor den Leuten im Dorf, vor ihren Reaktionen. Am Montag habe ich wieder einen Termin bei der Therapeutin. Hoffentlich kann sie mir einen Weg aus dieser Angst heraus zeigen. Wo ist nur mein dickes Fell geblieben?

Der Junge hat immerhin einen Abschiedsbrief geschrieben. Warum hat Timo sich nicht von mir verabschiedet? Einfach so zu gehen, ohne ein Wort... War ihm nicht klar, wie weh mir das tut? Er hat doch genau gewusst, wie sehr ich ihn liebe. Ich habe es ihm immer wieder geschrieben, und manchmal, leider zu selten, auch gesagt. Warum hat er mir nichts hinterlassen? Ich hätte so gerne einen Brief oder irgendeine Nachricht von ihm gelesen, damit ich gewusst hätte, was ihn dazu bewogen hat, sein Leben zu beenden. Oder vielleicht auch nur, damit ich mein Gewissen beruhigen könnte. Um von Timo selbst zu hören, dass weder ich noch Jürgen Schuld an seinem Tod haben.

Juni 2017

Ich habe oft Alpträume davon, wie mir jemand die Kehle durchschneidet. Erst panische Angst, dann ein kurzer Schmerz, als würde ich mir in den Finger schneiden. Danach spüre ich nichts mehr. Die neue Therapeutin sagt, das sei die Auseinandersetzung damit, wie Timo sich vor den Zug gelegt hat. Um nachvollziehen zu können, dass er keine schlimmen Schmerzen hatte.

In Gedanken bin ich ständig bei den Eltern des Jungen. Ich will ihnen mein Beileid ausdrücken, aber ich bin keine gute Briefeschreiberin. Deshalb bitte ich eine Freundin um Hilfe, die toll schreiben kann, und lege noch eine Beileidskarte dazu. Ich bin gespannt, ob eine Reaktion kommt.

Jürgen zieht zum ersten Mal das T-Shirt an, das Timo ihm gekauft hat. Warum hat er das nie getan, als er noch am Leben war? Das hätte Timo so sehr gefreut.

Seit ein paar Wochen steckt mir irgendetwas im Hals. Ich habe Würgereiz und Husten. Ist das die Krankheit, die ich mir gewünscht habe, damit ich schneller bei Timo bin? Ich rufe bei den HNO-Ärzten an. Einer nimmt niemanden mehr an, und die anderen sind alle im Urlaub. Vielleicht ist es ohnehin besser, wenn ich mich nicht behandeln lasse. Für was und für wen?

Seit langem gehe ich mal wieder in Timos Zimmer. Es riecht nicht mehr nach ihm, jetzt wirkt es noch leerer. Acht Monate sind eine verdammt lange Zeit. Der Steinmetz hat mittlerweile die Schrift und Timos Bild für die Urnensäule fertig. Ich habe den Entwurf gesehen, er ist sehr schön, aber ich kann es nicht ertragen, das auf der Säule zu sehen. Es ist so endgültig.

Ich würde so gern Frieden mit dem Zug schließen. Ich höre ihn ständig und penetrant, denke dabei jedes Mal an Timo, und auch an den anderen Jungen. Selbst im Urlaub bei der Tante, wo weit und breit kein Zug war, habe ich ihn gehört.

Juli 2017

Meine ehemals beste Freundin kündigt mir ihre Freundschaft auf. Sie kam schon seit längerer Zeit nur noch, wenn ich sie im Geschäft brauchte und dafür bezahlte. Ansonsten ließ sie sich nicht mehr blicken. Und dann fragt sie mich allen Ernstes: »Du, wäre es eigentlich sehr unverschämt, wenn ich für die zwei Wochen, in denen ich nach Timos Tod im Geschäft war, Geld verlangen würde?«

Das trifft mich wie ein Tritt in den Magen. Damals hat sie noch nicht für mich gearbeitet, das war ein reiner

Freundschaftsdienst, für den ich ihr unendlich dankbar war. Dass sie jetzt, Monate später, Geld dafür verlangt, ist bitter. »Du bist wohl nur noch für mich da, wenn ich dich dafür zahle«, sage ich kalt, da kündigte sie mir einfach die Freundschaft. Eine saubere Freundin!

Und mit Jürgen gerate ich auch noch aneinander. Er wirft mir vor, dass ich eiskalt bin und mich nicht herzlich entschuldigen kann.

»Das kann ich wohl«, sage ich, »aber nur, wenn ich der Meinung bin, dass ich einen gravierenden Fehler gemacht habe. Weißt Du noch, als ich in Timos Zimmer stand und schrie, wie leid mir alles tut?«

»Ach ja, was tut dir denn leid?« Er schnaubt verächtlich durch die Nase.

»Dass ich Timo nicht früher von der Schule geholt habe, dass ich seine Hinweise nicht verstanden habe, dass ich mich nie auf seine Seite gestellt habe«, fauche ich.

»Zu seinen Lebzeiten hast du dich nie bei ihm für deine Fehler entschuldigt.« Jürgen wird jetzt auch laut.

»Nein, denn ich wüsste nicht für was, außer dass ich nicht zu ihm gestanden habe. Ich stand immer zwischen euch beiden.«

»Klar, jetzt bin ich wieder schuld.«

Etwas anderes will er nicht hören, rauscht wütend aus dem Haus und ich bleibe mit einem Knoten im Magen zurück. Habe ich mich zu Timos Lebzeiten tatsächlich nie bei ihm entschuldigt? Ich war bestimmt keine perfekte Mutter. Aber auch wenn ich eine Weile überlege, fallen mir wirklich keine schlimmen Fehler ein. Oder habe ich sie nur nicht bemerkt? Klar, die Ohrfeige damals, darüber haben wir gesprochen, und ich habe Timo auch gesagt, dass das nicht richtig war. Wir lachten sogar später oft darüber. Aber sonst?

Schon wieder habe ich den Wunsch, Timo zu folgen. Würde Tassilo das auch so cool wegstecken? Würde Jürgen Ersatz finden? Zumindest irgendwann? Bestimmt. Ich könnte einfach gehen. Jetzt. Zu Timo. Ich stehe auf, laufe den Weg von unserer Haustür zu den Gleisen. Ich will zu meinem Kind. Stehe da und starre auf die Schienen. Ich bin völlig leer, wie in Trance. In der Ferne höre ich den Zug, den verdammten Zug. Ist er Freund oder Feind? Er hat Timo fortgerissen. Aber er kann auch Erlösung sein. Für Timo, für mich. Ich gehe in die Hocke und lege die Hand auf das Metall. Es ist rau und vibriert. Timo hat dasselbe gefühlt. Soll ich mich hinlegen oder lieber springen? Der Zug kommt immer näher, schon höre ich das Rattern und Quietschen der Räder. Dann erfasst mich der Luftstrom, der Sog. Ich schließe die Augen. Ich schaffe es nicht. Der Zug rast an mir vorbei.

August 2017

Ich nehme jetzt Antidepressiva, bisher spüre ich aber kaum einen Unterschied. Jürgen hat sich bei mir entschuldigt. Ich habe zwei Tage im Laden verbracht, und er hat mir immer wieder geschrieben. Warum? Was will er denn noch von so einem Menschen wie mir?

Morgen muss ich ein Freizeitreiter-Turnier richten, im Moment weiß ich noch gar nicht, wie ich das bewerkstelligen soll. Ich bin verheult, das sieht man in der Früh sicher noch. Ich habe sogar eine Freundin angemault, weil sie meinte: »Jetzt muss es doch irgendwann mal wieder gehen.« Ich habe diese Sprüche so satt. Eine andere

Freundin hat seit letzter Woche einen neuen Lover, seitdem hat sie sich nicht mehr bei mir gemeldet. Jedem gehe ich mit meiner Trauer und meinen Sorgen auf den Keks.

Endlich schlagen die Tabletten an. Nur an zwei, drei Tagen pro Woche geht es mir genauso schlecht wie sonst auch. Mein Halsproblem wird immer schlimmer. Soll ich mich überhaupt behandeln lassen? Der Zahnarzt sagt, ich brauche zwei Kronen. Warum soll ich meine Zähne überhaupt noch richten lassen? Oder mir ein Auto kaufen? Komme ich irgendwann an den Punkt, an dem ich selbst Suizid begehe? Und wenn ja, wird mir Timo dabei helfen? Holt er mich ab? Ich fühle mich wie gelähmt, kaputt. Schrecklich einsam, obwohl ständig jemand um mich ist.

Immer und immer wieder sehe ich Timos Foto an. Warum ausgerechnet er? Er hat es nicht verdient, von Depressionen geplagt zu werden, niemand hat das verdient, und schon gar nicht unschuldige, junge Menschen.

Warum wird in den Schulen nicht unterrichtet, dass Depression eine Krankheit ist, die man behandeln lassen kann? Dass ganz viele Jugendliche in der Pubertät darunter leiden? Dass keiner, der sich so elend fühlt und Suizidgedanken hat, verrückt ist? Vielleicht wäre dann die Hemmschwelle, dass die Kids sich jemandem anvertrauen, nicht so hoch. Vielleicht würden sie dann begreifen, dass sie mit ihren Gefühlen nicht allein sind und sich nicht zurückziehen, sondern mehr über ihre Probleme reden.

September 2017

Es klingelt. Der Vater des Jungen steht bei uns vor der Haustür. Ich zuckte zusammen, werde ganz klein.

Was kommt jetzt auf mich zu?

Er lächelt und sagt, dass die Familie gar nichts von dem Gerücht wusste. Sie machen weder uns noch Timo Vorwürfe. Nur er, seine Frau, die Kinder und die Kripo haben den Abschiedsbrief seines Sohnes gelesen, und da steht überhaupt nichts davon, dass Timo sein Vorbild war. Das Gerücht haben Leute aus dem Dorf gestreut, es ist nichts dran. Mir fällt ein Stein vom Herzen, am liebsten würde ich ihn umarmen. Ich bin ihm unglaublich dankbar dafür, dass er gekommen ist und mich von dieser Angst befreit hat.

Wie kann man nur so bösartig sein? Früher war es mir egal, wenn die Leute im Dorf dumm dahergeredet haben. Aber seit Timos Tod geht mir das Geschwätz sehr nahe. Ich würde mir wünschen, dass sie mich ganz normal behandeln. Nicht wie eine Aussätzige.

Das Kopfkino hört trotz der Schlaftabletten nicht auf. Ich schaffe es einfach nicht, einzuschlafen. Die Therapie bringt mir im Moment auch nicht viel, und mit Jürgen habe ich immer wieder Streitigkeiten. Wenn er auch nur annähernd etwas Falsches sagt, könnte ich ausrasten. Alles, was er je zu Timo gesagt hat, kommt dann auf einmal wieder hoch. Am Donnerstag gehe ich mit Jürgen in eine Paartherapie. Es ist meine einzige Hoffnung, dass wir wieder einen gemeinsamen Weg finden. Ich würde es mir sehr wünschen.

Bald jährt sich Timos Todestag. Mir kommt es immer noch so vor, als wäre er erst gestern gegangen. Tassilo fragt mich, wie lange Timos Zimmer noch so bleiben muss. Er kann nicht verstehen, dass ich immer noch so sehr an seinen Sachen hänge. Das tut mir weh.

Ich habe endlich einen Termin beim HNO-Arzt. Zugegeben, ich habe schon Angst vor der Diagnose, aber noch größere Angst habe ich vor der Entscheidung, was ich tun soll, wenn wirklich etwas Schlimmes dabei rauskommt. Niemandem etwas sagen und darauf hoffen, dass ich bald sterbe? Oder kämpfen, um dieses grässliche Weiterleben? Für was? Für wen? Tassilo braucht mich nicht mehr, und auch Jürgen wird es schaffen.

Oktober 2017

Der HNO-Arzt sagt, es ist eine Entzündung und kommt vom Rauchen. Ich soll aufhören. Ich bin fast ein bisschen enttäuscht, dass ich jetzt doch nicht zu Timo kann.

Jürgen geht es sehr schlecht, ihn plagen immer noch schreckliche Selbstvorwürfe. Ich würde Timo so gerne sagen, dass Jürgen ihn trotz aller Streitereien geliebt hat. Und er liebt ihn noch, wahrscheinlich mehr denn je, oder er merkt es jetzt erst so richtig. Jetzt, wenn es zu spät ist.

Jürgen hat endlich mal wieder einen Termin bei seinem Therapeuten, darüber bin ich sehr erleichtert. Er schafft es nicht allein. Hoffentlich bekommt er bald einen festen Platz. Meine Therapie in der Klinik wurde auch beantragt, ich versuche, über Weihnachten dort reinzukommen.

Die Paartherapie läuft ganz gut. Jürgen verändert sich, er hat 15 Kilo an Gewicht verloren, kleidet sich nicht mehr nur schwarz, und denkt sogar darüber nach, seinen heiligen Bart abzurasieren. Kommen diese Veränderungen noch rechtzeitig?

Timos leiblicher Vater hat die Hälfte der Bestattungskosten übernommen. Wenigstens jetzt trägt er mal etwas

Verantwortung. Die Kosten für den Notarzt, den Steinmetz und den Urnenplatz stehen aber immer noch aus.
Ich habe ihm eine Nachricht geschrieben: Dass er das
Geld doch bezahlen möchte, ob nicht alles schon schlimm
genug sei, oder ob er das jetzt auch noch anwaltlich aus-
tragen wolle. Gelesen hat er es, Antwort kam natürlich
keine. Mir geht es nicht ums Geld, sondern ums Prinzip.
Er hat nie Verantwortung Timo gegenüber übernommen,
und nur dann etwas für ihn bezahlt, wenn ich es einge-
klagt habe oder die Forderung über die Ämter lief. Er hat
es nicht mal auf Timos Beerdigung geschafft. Dann soll er
wenigstens jetzt, nach seinem Tod, für seinen Sohn gera-
destehen.

DER ERSTE TODESTAG

6. Oktober 2017

Es ist soweit. Heute werde ich mit Martin die Gedenkplatte an die Stelle legen, an der Timo gestorben ist. Schaffe ich das? Ich habe Angst davor. Aber ich will wissen, wo genau er gelegen hat, will es mir von Martin zeigen lassen. Warum? Ich weiß es nicht. Ich habe einfach das Gefühl, dass ich es wissen muss, auch wenn es noch so schwerfällt. Martin will das unbedingt mit mir zusammen machen. Vielleicht hat er, genau wie ich, die Hoffnung, dass es hilft. Genau vor einem Jahr ist Timo auch dorthin gegangen.

Es ist ein schwerer Gang für mich, genau wie für Martin. Wir gehen erst zu den Gleisen als es dunkel wird, damit die Leute im Dorf nichts davon mitbekommen. Ich empfinde gar nichts, habe die ganze Zeit nur Angst um Martin. Er sagt, er ist okay. Nicht mal, als ein Zug vorbeifährt, muss ich weinen. Später kommen Timos Freunde dazu. Es tut so gut, dass sie ihn und uns nicht vergessen. Wir sitzen zuhause dann noch lange zusammen und reden über ihn.

In der Nacht sitze ich wieder allein hier. Genau wie in der ersten Nacht, als Timo nicht mehr da war. Da saß ich auch ganz einsam hier, nur mein Hund lag an meiner Seite. Wie sehr hätte ich Jürgen in dieser Nacht gebraucht, aber der hat geschlafen. Ich habe ihm bis heute nicht gesagt, wie weh mir das getan hat.

Meine Therapeutin sagt später, ich habe an Timos Todesstelle deshalb nicht geweint, weil ich mich so viel mit seinem Tod auseinandergesetzt habe. Sie meinte, ich hätte seine Entscheidung akzeptiert. Ist das so? Die Wellen zwischen den Tiefpunkten werden zwar länger, aber der Schmerz hört nicht auf, in mir zu wüten. Ich versuche, ihn zu verstecken, so gut es geht. Verkrieche mich in Arbeit. Und doch holt er mich immer wieder ein. Jetzt zum Beispiel kann ich die Tränen einfach nicht abstellen.

Was soll ich mit Timos Zimmer machen? Ich kann es nicht ausräumen, es war sein Platz hier im Haus. Gebe ich etwas weg, dann habe ich das Gefühl, dass ich ihn rausschmeiße. Die Therapeutin rät mir, immer wieder darüber nachzudenken. Sie fragt mich, was Timo wohl davon halten würde. »Es könnten zweierlei Antworten sein«, sage ich. »Entweder würde er sagen: *Mama, es ist in Ordnung, ich brauche die Sachen nicht mehr.* Oder aber: *Das war ja klar, jetzt willst Du mich endgültig loshaben!*«

Tassilo wird irgendwann die Wohnung ganz für sich haben wollen, spätestens dann muss ich das Zimmer räumen. Aber im Moment kann ich das noch nicht.

An Timos erstem Todestag ist die Stimme meines Gewissens besonders laut. Dieser kleine Teufel, der mir normalerweise dabei hilft, richtig von falsch zu unterscheiden. Eben jener quält mich jetzt. Ich denke an eine Vergangenheit, die hätte sein können, aber nicht war. Ich gebe mir die Schuld an einer Vergangenheit, die außerhalb meiner Kontrolle lag. Was, wenn ich rechtzeitig bemerkt hätte, dass Timo krank war? Was, wenn ich an irgendeiner Stelle meines Lebens anders gehandelt hätte? Die Wahrheit ist, dass ich vermutlich nichts hätte tun können, um zu ändern, was passiert ist. Der Tod passiert.

WIE ES MIR HEUTE GEHT

6. Oktober 2018

Heute jährt sich Timos Tod zum zweiten Mal. Wie geht es mir jetzt? Tja, immer noch mal so mal so. Es gibt Tage, an denen geht es mir gut, und es gibt Tage, da geht es mir beschissen. Die ganz schlechten Tage sind aber im letzten Jahr weniger geworden. Sie kommen unverhofft und meist grundlos. Manchmal angestoßen durch Menschen, Situationen oder auch durch Musik. Als Timo starb, kam zum Beispiel das Lied *Keine Maschine* heraus. Das war so treffend für Timo und die Situation. Ich weine noch heute sofort los, wenn ich es höre. Die Lieder, die wir auf Timos Beerdigung gespielt haben, machen mir manchmal nichts aus, und manchmal prügeln sie mich in die Ecke. Der Schmerz darüber, dass mein Sohn nicht mehr lebt, ist immer noch unerträglich. Das hält mich aber nicht davon ab, ihn zu überwinden und weiterzugehen.

Nach wie vor treibt mich die Frage um, warum Timo sich mir nicht anvertraut und sich auch anderswo keine Hilfe geholt hat. Werde ich diese Fragen jemals los? Wahrscheinlich nicht. Der Unterschied zur Anfangszeit ist, dass ich jetzt wieder aus diesen Löchern herauskomme. Ich kann mich auch manchmal wieder über Kleinigkeiten wie den Mond, die Natur freuen. Etwas Lebensfreude kommt zurück. Wenn ich zurückblicke, habe ich den Eindruck, dass die Trauer in Wellen verläuft.

Ich mache mir heute kaum noch Selbstvorwürfe. Nur ganz selten kommen sie mal wieder vorbeigeschlichen. Ich habe akzeptiert, dass ich für Timos Tod auch Verantwortung hatte. Nicht Schuld, sondern Verantwortung. Damit kann ich relativ gut leben, aber manchmal ist es schwer, zwischen Schuld und Verantwortung zu unterscheiden, wenn man vom Schmerz, der einen umgibt, aufgefressen wird.

Suizidgedanken habe ich auch keine mehr, aber nach wie vor auch keine Angst vor dem Tod. Sollte ich krank werden, weiß ich nicht, ob ich eine Behandlung in Anspruch nehmen würde. Meine Lebensfreude ist nicht so groß, dass sich ein Überlebenskampf für mich lohnen würde.

Nach wie vor fällt es mir sehr schwer, auf den Friedhof zu gehen. Ich kann nicht erklären warum, aber ich will dort nicht hin.

Jürgen und ich besuchen bis heute die Selbsthilfegruppe und sind froh, dass wir sie haben. Auch die Einzeltherapien, die wir machen, haben uns sehr geholfen. Dort gehen wir heute noch hin, mein Mann alle drei bis vier Wochen, ich wöchentlich.

Die Paartherapie war für unsere Beziehung die letzte Rettung. Ohne sie wären wir glaube ich nicht mehr zusammen. Wir haben dort gelernt, wieder miteinander zu reden. Mein Mann und ich haben uns Gott sei Dank wieder zu einem Team zusammengerauft, und wir lieben uns nach wie vor.

Timos Tod hat uns zuerst fast auseinandergetrieben, aber dann noch enger zusammengeschweißt. Ich würde sogar behaupten, dass ich Jürgen heute mehr liebe denn je. Durch Timos Tod haben wir gelernt umzudenken, vieles anders zu sehen, Mitgefühl zu entwickeln und mehr auf uns zu achten. Der Preis dafür war viel zu hoch. Aber ich bin Timo auch dankbar, dass er uns die Augen geöffnet hat. Wahrscheinlich wären wir ohne seinen Tod heute kein Paar mehr.

Mein Klinikaufenthalt war dagegen ein Desaster. Er hatte nichts mit Trauertherapie zu tun. Ich wurde behandelt, als hätte ich einen an der Klatsche. Es gab nur eine andere Mutter, die ein Kind verloren hatte. Als sie an dessen Todestag den Kontakt zu mir suchte, verboten mir die Ärzte, mit ihr darüber zu sprechen. Als mir die Chefärztin auch noch vorschlug, ich solle mir überlegen, warum ich Timos Depressionen nicht bemerkt hätte, brach ich die Reha ab.

Meine innere Unruhe macht mich manchmal immer noch verrückt und ich nehme weiterhin Schlaftabletten. Sie helfen ganz gut, es gibt jedoch Tage, an denen die Belastung so hoch ist, dass ich trotz Tabletten nicht schlafen kann. Das sind zwei bis drei Nächte pro Woche.

Timos Geburtstag, Weihnachten, Sylvester - diese Tage sind immer noch die Hölle. Meist ist es aber so, dass die Zeit zuvor schlimmer ist, als der eigentliche Tag, weil ich mich in Gedanken zermartere. Als Timos 19. Geburtstag bevorstand, gewöhnte ich mir an, den Gedanken daran sofort wegzuschieben, wenn er auftauchte, und den Tag einfach auf mich zukommen zu lassen. Das funktionierte sehr gut.

Timos Freunde halten immer noch Kontakt mit uns, das bedeutet uns sehr viel. Sie besuchen uns immer mal wieder oder schreiben uns. Sie waren dieses Jahr auch auf der Party zu meinem 40. Geburtstag. Das hat mich wahnsinnig gefreut. Auch mit der Familie des anderen Jungen halte ich weiterhin Kontakt. Sie versuchen, ihn im

Alltag zu integrieren. Die Eltern und die Geschwister sind alle zu mir zum Tätowieren gekommen und jeder bekam sein individuelles Bild.

Ich achte heute viel mehr auf mich und mache nur noch das, worauf ich Lust habe. Ich war früher zum Beispiel im Haushalt sehr pingelig, heute lasse ich auch mal was liegen. Solche Banalitäten sind unwichtig geworden. Ich setze Prioritäten und versuche, möglichst viel Zeit mit den Menschen zu verbringen, die mir etwas bedeuten. Das Leben kann so schnell vorbei sein.

Auch als Mensch habe ich mich durch Timos Tod komplett verändert. Früher war ich der harte Knochen, der keine Gefühle gezeigt hat, zumindest Fremden gegenüber. Sogar Jürgen musste jahrelang darum kämpfen, meine wahre Persönlichkeit kennenzulernen. Heute kann es passieren, dass ich dort, wo ich gerade gehe und stehe, plötzlich losheule, weil es mich überkommt. Und noch etwas: Vor Timos Tod hätte ich nie den Mut gehabt, ein solches Buch zu schreiben. Ich hätte mich geschämt, mit meinen Gefühlen so blank zu ziehen und Angst gehabt, dass die Menschen mich verletzen, wenn sie meine Schwächen kennen. Das ist mir jetzt egal. Das Schlimmste, was einer Mutter im Leben passieren kann, ist ohnehin schon geschehen.

Das dicke Fell, das ich mal hatte, ist zwar wieder etwas stabiler geworden, aber nicht mehr so widerstandsfähig wie früher. Sagt jemand irgendetwas Blödes zur falschen Zeit, weine ich sofort los. Schicksalsschlägen und Problemen anderer Menschen stehe ich nun offener gegenüber. Außer bei Kleinigkeiten. Da denke ich mir oft: Wie kann man sich nur über derart banales Zeug so aufregen?

Auch Sprüche wie: *Die Zeit heilt alle Wunden* und so einen Blödsinn kann ich nicht mehr hören. Die Zeit heilt gar nichts!

Vor ein paar Wochen war ich mit Jürgen zum ersten Mal wieder auf einem Konzert. Genau bei der Band, bei der ich beim letzten Mal mit Timo war. Einerseits, um mir zu beweisen, dass es auch allein geht. Andererseits war Timo in meinem Kopf natürlich dabei. Ich habe ihn immer bei mir, nehme ihn in Gedanken einfach mit. Ich benutze dann das Parfum, das er mir geschenkt hat. Beim Chinesen kann es passieren, dass ich einen zweiten Teller nehme und nur Sachen draufpacke, die er möchte. Ich esse sie einfach für ihn mit.

Seit Monaten wird bei uns an der Elektrifizierung der Bahnlinie gearbeitet. Es fährt kein Zug mehr. Das ist für mich wie Urlaub. Ich konnte im Sommer sogar bei offenem Fenster schlafen. Das dauert vermutlich noch bis Mitte Oktober. Es graut mir schon davor, wenn der Zug wieder fährt.

Es soll noch eine Schallschutzwand gebaut werden, aber erst 2019. Ich wäre froh, wenn sie bald stehen würde. Nicht nur wegen mir, sondern auch, weil der Bahndamm für spielende Kinder frei zugänglich ist. Ein kleines Kind kann, wenn es neben dem Gleis steht, vom Sog eines Zuges einfach mitgerissen werden.

Timo fehlt mir nach wie vor sehr. Wenn im Radio kommt, dass alle ihr Abitur geschrieben haben, denke ich sofort: Timo hätte jetzt auch Abi gemacht und würde bald Astrophysik studieren. Alle glücklichen Momente haben auch einen faden Beigeschmack. Als Tassilo zum Beispiel zu Deutschlands besten Lehrlingen gehörte, und wir auf der Ehrung in Nürnberg waren, liefen alle Azubis zu dem Lied *Ein Hoch auf uns* in die Halle. In dem Moment fingen Jürgen und ich beide zu weinen an, weil uns klar wurde: Das werden wir nur einmal erleben. Genauso wird es sein, wenn Tassilo heiratet oder Kinder bekommt.

Tassilo ist mittlerweile mit seiner Freundin oben in die Wohnung gezogen. Viele Freunde boten mir ihre Hilfe an, um Timos Zimmer zu räumen, aber ich wusste, das muss ich allein durchziehen. Ich dachte: Du fängst einfach an, und wenn es nicht mehr geht, dann gehst du wieder runter. Solange, bis du es geschafft hast.

Ich fing also an. Kleidungsstücke, die mir passen, trage ich. Diejenigen, in die ich nicht reinpasse, habe ich verschenkt. Seine persönlichen Sachen habe ich in einen Karton gepackt, seine Boxhandschuhe, Schulsachen oder Dinge, die ihm wichtig waren. Die Bettwäsche steckte ich in einen Sack. Ich hatte die ganze Zeit nur einen Gedanken: Scheiße, sein Geruch ist weg.

Als ich nach ein paar Tagen fertig war, schaute ich auf die Schachtel und dachte: Junge, dein Leben passt in einen Umzugskarton.

Jürgen baute die Möbel ab, er hatte mehr damit zu kämpfen, als ich. Wir brachten alles in den Dachboden, den wir eines Tages als Wohnung für Timo ausgebaut hätten.

Vor ein paar Wochen ging ich dort hinauf, und auf einmal roch es nach ihm. Ich dachte erst, ich spinne. Das ist nur Einbildung. Schnupperte nochmal. Doch, wirklich, es roch nach Timo! Ich rief nach Jürgen, und ihm ging es genauso. Er konnte ihn auch riechen. Also entweder sind wir jetzt beide bekloppt, oder Timo ist dort eingezogen.

WARUM DIESES BUCH?

Ich war früher ein Mensch, der nicht wusste, dass Depressionen eine Krankheit sind. Wenn jemand zu mir gesagt hätte: »Ich bin depressiv«, hätte ich geantwortet: »Das wird schon wieder.« Ich wusste es einfach nicht besser. Seit Timos Tod kämpfe ich in der Öffentlichkeit für mehr Verständnis. Ich wünsche mir, dass an Schulen genauso über psychische Erkrankungen unterrichtet wird, wie über AIDS oder Krebs.

Die Krankheit Depression ist immer mehr im Vormarsch. Wenn die Kids ab der fünften Klasse lernen würden, was Depressionen, Borderline, Schizophrenie oder Manien sind, nämlich nichts anderes als Krankheiten, die man behandeln kann, müsste sich dafür keiner schämen. Dann würden sich vielleicht mehr Jugendliche Hilfe bei Freunden, ihren Eltern, Notfallnummern oder Therapeuten holen.

In Deutschland nehmen sich jedes Jahr 500 bis 600 Jugendliche das Leben. Die Zahl der Menschen, deren Leben dadurch tief erschüttert wird, ist ungleich höher. Ich würde mich sofort zusammen mit Polizisten und Rettungskräften vor Schulklassen stellen, um meine Geschichte zu erzählen und die jungen Leute damit zu sensibilisieren. Leider haben viele Institutionen Angst vor dem Werther-Effekt. Damit wird die Annahme bezeichnet, dass es zu einer erhöhten Selbstmordrate kommt, wenn in den Medien über einen Suizid berichtet wird. Es gibt aber auch den Papageno-Effekt, der das Phänomen bezeichnet, dass Berichterstattung auch von einem Suizid abhalten kann. Ich bin davon überzeugt, dass sowohl die Eltern als auch die Jugendlichen genauer informiert werden müssen. Sie sollten die Alarmzeichen und die Symptome psychischer Erkrankungen kennen und Notfall-Telefonnummern sollten an den Schulen bekannt gemacht werden. Das Thema Suizid zu tabuisieren und totzuschweigen, ist keine Lösung.

Auch Betreuer, Lehrer, Psychologen müssen sensibilisiert werden. Vor kurzem habe ich mir den Bericht von Timos ambulanter Therapie im SPZ zuschicken lassen. Die Therapeutin schreibt darin, dass Timo Suizidgedanken hatte. Es ist aber ein himmelweiter Unterschied, ob es sich nur um Gedanken, oder um einen richtigen Versuch handelt. Bei Suizidgedanken muss ein Therapeut die Schweigepflicht einhalten. Bei einem akuten Suizidversuch herrscht jedoch Gefahr im Verzug. Tassilo hatte ihr beim Erstgespräch deutlich gesagt, dass Timo bereits auf den Gleisen gelegen hat. Die Therapeutin hätte also die Schweigepflicht brechen und mich informieren müssen. Das hat sie nicht getan.

In dem Arztbrief steht, dass ich aufgrund meiner Arbeitssituation zu keinem Termin erscheinen konnte. Das ist gelogen. Die Psychologin hat mir nie einen Termin angeboten. Auch der Anruf, in dem sie mich angeblich aufgeklärt hat, hat nie stattgefunden.

Hätte die Therapeutin mich angerufen und gesagt: »Passen Sie auf, das sind die Symptome einer Depression, und wenn diese auftauchen, wenden sie sich bitte an die Notfallnummer oder an mich«, hätte ich ganz anders reagieren können, als Timo mir genau diese Anzeichen geschrieben hat. Stattdessen wurde Timo mit der Diagnose »mittelschwere Depression« entlassen, was keine leichte Diagnose ist. Er solle sich melden, wenn es ihm schlechter geht, hieß es. Das war´s.

Ich habe einen Brief an den Chefarzt geschrieben, mit der Bitte um einen Termin. Natürlich kann ich damit nichts mehr an Timos Tod ändern. Aber ich möchte, dass der Chefarzt die Fehler sieht, die passiert sind, damit so etwas in Zukunft nicht mehr vorkommt.

Noch ein Hammer: Der Arztbrief aus der Klinik ging nur an den Kinderarzt, den Timo heimlich für die Überweisung zur Therapie aufgesucht hatte, und nicht an unseren Hausarzt. Der wurde nicht informiert.

Ich habe weder gewusst, dass mein Kind an Depressionen litt, noch dass es Suizidgedanken hatte. Ich wusste gar nichts. Ich wusste nicht mal, dass Timo an einer Schilddrüsen-Unterfunktion litt.

Er kippte mit vierzehn Jahren mal in der Schule um und wurde mit dem Notarzt ins Krankenhaus gebracht. Beim Arztgespräch wurde mir nur mitgeteilt, dass sie nichts gefunden hätten. Es ging dann ein Arztbrief an den Hausarzt, in dem damals bereits die Schilddrüsen-Unterfunktion beschrieben wurde. Davon habe ich nie etwas erfahren, und unser Hausarzt hat auch nicht darauf reagiert. Hätte man die Schilddrüse eingestellt, hätte das die Depression vielleicht verhindern können. Bei Jugendlichen kann eine Schilddrüsen-Unterfunktion, die noch in der Norm aber sehr niedrig ist, unter Umständen zu einer schweren Depression führen, oder eine schon vorhandene noch verstärken, da bei ihnen ein ganz anderer Hormonhaushalt herrscht. Hätte ich das gewusst, wäre ich sicher aufmerksamer gewesen.

Wahrscheinlich hätte ich Timos Tod nicht verhindern können. Vielleicht aber doch, wenn ich mehr über Depressionen gewusst und eine vernünftige Aufklärung durch die Psychologin und die Ärzte bekommen hätte.

Ich werde weiter dafür kämpfen, dass Timos Tod nicht sinnlos war. Meinem Kind kann ich nicht mehr helfen. Aber wenn mein Tun nur einen einzigen anderen Menschen davon abhält, sich das Leben zu nehmen, war es die Mühe wert.

Pam Metzeler im Oktober 2018

P.S. Am 18. Oktober 2018 hatte ich den Termin beim Chefarzt des Sozialpädiatrischen Zentrums. Ich habe ihm keine Vorwürfe gemacht, sondern nur meine Sicht der Dinge geschildert. Er war sehr nett und gab mir recht, dass man Eltern mehr in Therapien einbinden und auch besser aufklären muss.

Als Timo dort in Behandlung war, war er selbst im Urlaub. Es macht ihn immer noch betroffen, dass die junge Therapeutin damals allein mit so einem schwerwiegenden Fall war.

Der Chefarzt und der Leiter des SPZ waren beide sehr dankbar, dass ich mit meinem Anliegen zu ihnen gekommen bin. Sie wollen Änderungen in Angriff nehmen und übrigens auch das Buch für die Station anschaffen. Ein erster Erfolg!

HILFSANGEBOTE

U25 – Online-Suzidprävention

www.u25.de

U25 ist ein Mail-Beratung für suizidgefährdete Jugendliche bis 25 Jahre. Du wirst dort kostenlos und anonym von speziell ausgebildeten Peers zu den Themen Suizid und Depression beraten.

Telefonseelsorge

www.telefonseelsorge.de

0800 / 111 0 111

0800 / 111 0 222

Die Telefonseelsorge berät am Telefon (kostenlose Hotline), per Mail oder im Chat.

AGUS (Angehörige um Suizid)

www.agus-selbsthilfe.de

AGUS bietet Beratung und Selbsthilfegruppen für Trauernde nach einem Suizid, für Menschen, die beruflich mit dieser Todesart in Berührung gekommen sind oder für Eltern, Erzieher, Lehrer, Ärzte, Pfarrer etc., von denen kompetente Hilfe zu diesem Thema erwartet wird.

TREES of MEMORY

www.tress-of-memory.ev.com

TREES of MEMORY gibt Menschen, die einen Angehörigen durch Suizid verloren haben, eine neue Lebensperspektive.

ANZEICHEN UND SYMPTOME

Diese Anzeichen können auf einen Suizid hinweisen:
- Abkapseln von Freunden und Familie, Rückzug aus der Gemeinschaft, Freudlosigkeit, Stille
- starke Veränderungen von Ess- oder Schlafgewohnheiten (viel zu viel oder viel zu wenig)
- starke körperliche Veränderungen: Gewicht, Kleidung, Schmuck, Suchtverhalten
- große Hoffnungslosigkeit, Depression oder andere psychische Belastungen
- massive Verschlechterung der schulischen Leistungen
- vorangegangene Suizidversuche oder Suizidäußerungen, direkt oder versteckt, z.B. »Ich kann nicht mehr« oder »Mein Leben ist sinnlos«
- Abschiedsbriefe, entsprechende Gedichte, Zeichnungen
- psychosomatische Probleme
- aggressives oder autoaggressives Verhalten

WIE KANN ICH HELFEN?

- zuhören, zuhören, zuhören
- Geduld und Verständnis zeigen
- nach konkreten Suizidgedanken und -plänen fragen
- biete an, die Person zu einem Arzt oder zu einer Beratungsstelle zu begleiten
- suche Dir Ansprechpartner: Eltern, Lehrer, Beratungsstellen

Falls Du unsicher bist, sei mutig: Gehe auf die Person zu und frage nach. Dein Mut kann Leben retten!

GEFÄHRDENDE FAKTOREN

Fachleute haben einige Punkte zusammengetragen, die in den meisten Fällen einem Suizid vorangehen. Gefährdet sind Kinder und Jugendliche jedoch erst dann, wenn mehrere dieser Symptome zusammen auftreten:

Kinder und Jugendliche, die ...

... das Gefühl haben, dass sie anderen im Weg sind.

... nicht gewollt sind und dies auch zu hören bekommen.

... den Verlust eines geliebten Menschen befürchten.

... in gewalttätigen Familien aufwachsen.

... sexuell ausgebeutet werden.

... deren Familie intakt scheint, aber nur, weil sie sich abkapselt und keine Außenkontakte zulässt.

... mit Drogen in Berührung kommen.

... nach Enttäuschungen von ihren Eltern nicht aufgefangen werden, sondern nur Vorwürfe bekommen.

... ständig unter Schulstress stehen.

... deren Tage ohne jegliche Höhepunkte vergehen, ohne Feste, ohne Erinnerungen an bestimmte, einzigartige Augenblicke.

... bisher vergeblich versucht haben, auf sich aufmerksam zu machen, z.B. durch lügen oder stehlen, damit sie endlich wieder beachtet werden, oder weglaufen, um zu testen, ob ihre Eltern sich Sorgen machen.

... ständig die Schule schwänzen.

... sich in Entwicklungsphasen befinden, in denen sich vieles verändert, z.B. in der Pubertät.

... häufig von ihren Eltern leichtfertige Äußerungen hören, wie: »Dann bringe ich mich eben um.«

... so lieb und problemlos erscheinen, dass man glaubt, ihnen keine besondere Beachtung schenken zu müssen, oder die Geschwister haben, um die sich alle Sorgen machen.

... wenig mit ihren Eltern sprechen.

... aus Familien kommen, in denen Eltern oder Geschwister unter Depressionen leiden.

... schonmal einen Suizidversuch unternommen haben.

... selbst einen Autounfall verschuldet haben.

... mit dem Gesetz in Konflikt gekommen sind.

... bereits Suizidfälle in der Familie erlebt haben.

... körperliche Gebrechen haben bzw. nicht mit ihrem äußeren Erscheinungsbild fertig werden.

... eine geliebte Person verloren haben.

APPELL AN JUGENDLICHE

- Suizidgedanken sind in der Pubertät normal.
- Krisen sind vorübergehend.
- Sprich offen und ehrlich über deine Probleme.
- Zeige deine Stimmungsschwankungen.
- Du bist mit deinem Kummer nie allein.
- Ziehe dich nicht zurück.
- Suche eine Vertrauensperson.
- Setze dich mit ihr auseinander.
- Rede mit vielen Menschen über deine Probleme.
- Schreibe Tagebücher.
- Schreibe Gedichte oder Geschichten.
- Denke daran: Du bist nie allein.
- Suche nach neuen oder anderen Wegen.
- Überlege alternative Lösungen.
- Wer einmal suizidal war, der ist es nicht ein Leben lang!

Quellen:
- »Utopia Blues – Manie, Depression und Suizid im Jugendalter«, Marianne Rutz
- Flyer der Organisation U 25

DANKSAGUNG

Ich bedanke mich ...

... bei all meinen Freunden, die für uns da waren und uns vor allem in den ersten Wochen unterstützt haben.

... bei meinem Mann und Tassilo, die mich in der schweren Zeit ertragen haben und auch heute noch ertragen.

... bei Timos Freunden, die bis heute Kontakt zu uns halten.

... bei der AGUS e.V. Selbsthilfegruppe Memmingen.

... bei all den Arbeitskollegen und dem Chef meines Mannes, die ihn immer aufgefangen haben, wenn er ein Tief hatte oder einfach nur Ablenkung brauchte.

... bei Bürgermeisterin Christa Bail, die uns in allem unterstützt.

... bei Pfarrer Friedrich Koslowski, der bis heute immer wieder nach uns schaut und uns sehr damit hilft.

... bei meiner Therapeutin, ohne die ich heute nicht da wäre, wo ich jetzt bin.

... bei all denen, die erst durch Timos Tod unsere Freunde geworden sind. Ich bedanke mich aber auch bei meinen „Nicht-mehr-Freunden", die mir ihr wahres Gesicht gezeigt haben und mich damit um eine Erfahrung reicher gemacht haben.

Mein spezieller Dank gilt Manu, die mich immer wieder aus dem Loch geholt hat; Anja und Mike, die rund um die Uhr für uns da waren und mich und Jürgen unterstützt haben, wo es nur ging; Siggi & Sandra, die mir seit jenem Tag täglich schreiben; Zettelpuppe & Annika, die fast täglich in der Arbeit nach mir gesehen haben, mit mir geweint haben und es auch heute noch tun; Heidi & Thomas, die uns über die ganze Zeit immer wieder beigestanden haben; sowie Hebby & Ines Ost, die immer und jederzeit ein offenes Ohr haben und uns nicht allein lassen; meiner Schwägerin Petra, die sich immer wieder um uns kümmert.

Besonders bedanken möchte ich mich auch bei Anna Castronovo, die dieses Buch mit mir geschrieben hat. Ohne Sie wäre dieses Projekt nicht möglich gewesen. Danke auch an unsere Testleserinnen Irina Gruber, Stefanie Carpintero und Steffi Bentner für viele gute Hinweise. Die Cover-Designerin Giusy Amè hat nicht nur einen tollen Umschlag gezaubert, sondern *Dark Way* auch mit einem Sonderpreis supported. Lektor Christian Strzoda, der nebenberuflich als Notfallsanitäter arbeitet, hat dieses Buch kostenlos lektoriert, um unser Projekt zu unterstützen. Danke dafür!

DIE AUTORINNEN

Pam Metzeler wurde 1978 geboren. Sie ist Mutter von zwei Söhnen und betreibt ein Tattoo- und Piercing-Studio. Am 6. Oktober 2016 nahm sich ihr jüngerer Sohn Timo im Alter von 17 Jahren das Leben. In »*Dark Way – Die Geschichte eines Suizids*« erzählt sie, wie sie diesen Schicksalsschlag verarbeitet.

Anna Castronovo (Jahrgang 1977) ist Autorin, Journalistin und Übersetzerin. Sie studierte erst in Perugia Italienisch und dann am Sprachen- und Dolmetscherinstitut in München Übersetzung. Anschließend machte sie eine Ausbildung beim DLV Verlag, wo sie sechs Jahre lang als Redakteurin, Korrektorin und Ressortleiterin arbeitete. Seit 2013 schreibt sie als freie Journalistin für verschiedene Zeitschriften und hat mittlerweile sieben Romane und zwei Reiseführer veröffentlicht.

Bisher von Anna Castronovo erschienen:

Sizilien-Romane:
Klosterkind
Fluch der Saline
Kaktusfeigen
Der Puppenspieler von Palermo

Pharma-Krimis:
Black Night – Das Experiment
Stutenblut – Der Skandal

Reiseführer:
Island zum Normalpreis – Snaefellsness
Island zum Normalpreis – Goldener Kreis und Südküste

www.anna-castronovo.de

FSC
www.fsc.org

MIX

Papier aus ver-
antwortungsvollen
Quellen
Paper from
responsible sources

FSC® C105338